3.04.02

MICHAEL KÖHLMEIER

DER TAG, AN DEM EMILIO ZANETTI BERÜHMT WAR

Michael Köhlmeier

Der Tag, an dem Emilio Zanetti berühmt war

Deuticke

Daß des alls erscht moan wär
Daß hüt min Weag döt anegot
Wo im Summr im Riad
Da goldene
Da goldene
Da goldene Türgga stoht

I

Am Abend davor hatte er Herrn Vinzenz Manal niedergeschlagen. Vor dessen Haus. Hatte ihn am Genick und an der Schläfe und wahrscheinlich auch an einem Auge verletzt und ihm überall schwere Blutergüsse beigebracht. Niemand wußte, warum er das getan hatte. Man fand hundert Antworten. Nichts Sicheres blieb am Ende.

Herr Vinzenz Manal war Steuerberater oder etwas ähnliches. Vielleicht war er auch Vertreter, man kannte ihn nicht gut. Ein massiger Mann. Wohnte mit seiner Frau an der Hauptstraße im oberen Stock des Hauses, in dem Dr. Beer seine Praxis hatte. Was dann ein Glück war. Seit einem Jahr lebten die Manals in Hohenems. So interessant waren sie nicht, daß sich einer erkundigt hätte, woher sie gekommen waren und warum. Arrogante Leute, die nirgends dabei sein wollten. Er grüßte einen nicht. Jedenfalls mich nicht. Ein wuchtiger, rosig bleicher Mann. Sie kannte ich nur vom halben Sehen. Damit meine ich, ich wußte, wer sie war, aber ich wußte es nicht genug, um mir ihr Gesicht zu merken. Es war niedlich, alles ziemlich dicht beieinander und viel Kopf, das heißt, viel Haar, mehr über sie konnte ich aus dem Gedächtnis nicht zusammenbringen. Er sei saridonsüchtig. Mein Vater sagte das. Ich fragte meine Mutter zum Fenster hinaus, was das heiße. Sie gab eine ihrer lässigen Antworten: Der Mann leide unter Kopfschmerzen, so könne man es auch ausdrücken. Die Leute waren ihr egal. Die meisten Leute waren ihr egal, schienen ihr unbedeutend. Sie meinte, es sich leisten zu können, sie außer acht zu lassen.

Emilio hatte vor dem Haus gewartet. Die Sonne ging gerade unter, und ein Wind kam vom Westen auf. Den Kopf im Licht, so spazierte er entlang der Buchenhecke, streckte seinen Adamsapfel vor, der mehr Kante hatte als sein Kinn. Um diese Zeit kam nichts Gescheites mehr im Radio. Aus den Fenstern roch es nach Aufgewärmtem. Die Hauptstraße war gerade wie ein Lineal bis ans Ende von Hohenems. Man sah jeden schon von weitem. Links die Berge im Laub, rechts der Abendhimmel bis über die Schweiz. Kein Lachen, keine Motoren. Eine Stunde lang wartete Emilio. Sicher war er gesehen worden. Aber warum hätte sich einer darüber den Kopf zerbrechen sollen? Emilio Zanetti hatte überall seine Kundschaft. Es war Mittwoch und Friede, kein Radau wie am Samstag.

Vinzenz Manal besaß ein Auto. Ob es wirklich seines war oder ein Firmenwagen, und wenn, von was für einer Firma, man wußte es nicht. Er fuhr an den Randstein, stieg aus. Da stand Emilio vor ihm, Gürtelschnalle vorgeschoben, Hände in den Jackentaschen. Versperrte ihm den Weg. Er war sogar größer als Herr Manal, aber dünn, und darum sah er neben ihm klein aus, auf jeden Fall geringer. Emilio trug Anzug und Krawatte und ein weißes Hemd. An diesem gewöhnlichen Werktag.

Herr Manal fragte Emilio, ob er etwas von ihm wolle. Und fragte, was er von ihm wolle. Er stöhnte, wenn er sich ins Auto setzte, und stöhnte, wenn er ausstieg, und dann noch eine Weile lang, so viel Masse hatte er. Er sagte, falls Emilio nichts von ihm wolle, gäbe es wohl auch keinen Grund, warum er nicht einen Schritt zur Seite mache und ihn zu seiner Wohnung lasse. Glotzte ihn an. Sein Mund ein breiter, dunkler Spalt. Dann begann Emilio, auf ihn einzuschlagen.

Emilio hätte bis ans Ende seiner Kräfte auf Herrn Manal eingeschlagen, wenn nicht die Nachbarn dazwischengegangen wären. Leider gingen sie erst dazwischen, als der Mann schon auf der Straße lag. Was wegen der Größe und der Fülle des Körpers, und wie er dalag, und auch wegen des feinen Anzugs im Staub ein furchtbarer Anblick gewesen sei. Hemd und Jacke waren ihm über die weiße, fette Seite gerutscht, und er bewegte sich nicht.

Er hatte nicht geschrieen. Stumm empfing er Emilios Fäuste in seinem Gesicht und an seinem Hals und den anderen Stellen und am Schluß Emilios Fußtritte in die Rippen und in die Nieren. Er hat nicht geschrieen und hat sich nicht gewehrt. Darüber war später viel spekuliert worden. Und weil ich an diesem Tag eine gewisse Rolle gespielt hatte, erkundigte man sich auch nach meiner Meinung. Wie ich Emilio einschätzte, und ich konnte ihn einschätzen, hatte er so rasend und trotzdem so gezielt zugeschlagen, daß sich während der Schlagzeit – diesen Begriff habe ich mir erfunden – im Kopf von Herrn Manal kein fertiger Gedanke bilden konnte. Normalerweise hört man nicht auf zu denken, wenn man geschlagen wird. Nur wenn man gar nicht damit gerechnet hat und wenn der Schmerz zu groß ist und die Schläge zu schnell aufeinanderfolgen, kann es passieren, daß der Geist langsamer ist als die Tatsache. Das war meine Meinung. Herr Manal hat wahrscheinlich nicht richtig mitgekriegt, daß er geschlagen wurde. Ich versuchte, mich zu erinnern, wann und wie ich in meinem Leben geschrieen hatte. Ich hatte vor Schmerz, aus Wut, im Schrecken geschrieen, aber immer war ich mir bewußt gewesen, daß dies eine Situation war, in der es dem Menschen zusteht zu schreien, also habe ich geschrieen. So viel Geistesgegenwart war mir in jedem Fall geblieben. Sie hatte Herrn Vinzenz Manal gefehlt. Deshalb hat er sich weder gewehrt, noch hat er geschrieen. So sah ich das.

Und deshalb hat es leider auch so lange gedauert, bis die Nachbarn mitbekommen haben, was auf der Straße los war. Da liefen sie endlich zusammen und packten Emilio an den Armen und an den Beinen und rangen ihn nieder, bis am Ende auch er mit den Lippen den Gehsteig berührte. So hielten sie ihn unten und riefen Dr. Beer, der gerade hinter dem Haus im Garten war, und riefen die Gendarmerie.

Warum Emilio einen Anzug getragen hatte? Auch das wurde besprochen. Ich sagte es nicht, aber ich nahm an, es war etwas Feierliches für Emilio gewesen, diesem Mann etwas anzutun. Deshalb Anzug und Krawatte.

Man sperrte Emilio in den Kotter. Das war ein Raum im Keller des Altersheimes, unten an der Kaiserin-Elisabeth-Straße. Der Raum hatte nur ein kleines Fenster, das mit Gittern noch kleiner gemacht war. Ein Holztisch, ein Stuhl und eine Liege standen dort und eine Waschschüssel und ein Kübel für die Notdurft. Dorthin brachten ihn der Gendarm Kinz und einer seiner Gehilfen. Emilio soll zum Kinz gesagt haben, als der ihm die Arme hinten zusammendrückte: Ich weiß, daß du das nicht gern tust. Aber der Gendarm Kinz soll nicht geantwortet haben, nein, er tue das wirklich nicht gern. Er tat es einfach.

Geplant war, daß Emilio am nächsten Tag in Feldkirch beim Gericht einem Untersuchungsrichter vorgeführt würde.

Emilio Zanetti war sechsundzwanzig Jahre alt.

2

Am nächsten Morgen – es war der 9. September – sollte Emilio aus dem Kotter abgeholt werden. Der Gendarm Kinz war allein. Er war der Meinung, daß heute nichts zu befürchten sei. Auch er war ein Kunde von Emilio, ich selbst hatte ihm keine drei Wochen zuvor auf dem Handwagen einen Elektroherd nach Hause gebracht, der von Emilio und mir tipptopp überholt worden war, und er hatte mir ein Trinkgeld gegeben, das ich mit Emilio abgerechnet habe. Vor dem Altersheim auf der Straße stand der Dienstwagen vom Kinz, ein grauer VW mit dem Kennzeichen der Gendarmerie, nur einen davon gab es in Hohenems.

Der Kinz legte Emilio keine Handschellen an, das wäre ihm peinlich gewesen. Dafür mußte er sich später verantworten. Als sie nämlich aus dem Altersheim traten, der Kinz nicht einmal am Arm vom Emilio, sondern wie zwei vernünftige Männer, die im Prinzip das Gleiche wollten, da sah Emilio an der Mauer des Altersheims, gleich neben dem Dienstwagen, ein Fahrrad lehnen, man wußte nicht, wem das Rad gehörte, ein Herrenrad, und er lief los, flankte über die kleine Mauer, sprang auf das Rad und war davon.

Das Altersheim lag zweihundert Meter oberhalb der Bahnlinie. Emilio fuhr direkt auf die Schienen zu, sprang ab, trug das Rad im Laufschritt zwischen den Kohlenhaufen vom Kohlenhändler Amann hindurch, stieg über die Geleise und ließ sich auf der anderen Seite durch die Brennesseln über den Damm hinunter auf die Straße rollen. Dann war er außer Sicht.

Der Gendarm Kinz mit seinem VW war im Nachteil. Er mußte einen Umweg nehmen, mußte erst ein Stück weiter südlich die Bahnschranke passieren, und weil er ja nicht wissen konnte, was Emilio vorhatte, fuhr er auf der anderen Seite am Damm entlang bis zu der Stelle, an der Emilio die Schienen übersetzt hatte, da war Emilio aber schon längst weiter. Nun fuhr der Gendarm Kinz auf gut Glück nach Westen in Richtung Schweizer Grenze, und er hatte richtig geraten. Auf der Nibelungenstraße sah er ihn wieder, wie er einen halben Kilometer vor ihm in die Pedale trat, Rücken krumm, Beine abgespreizt, die arbeiteten so schnell wie die Bügel einer Nähmaschine, das Fahrrad hatte eine niedrige Übersetzung – was sicher ein Grund dafür war, daß alles so wurde, wie es am Ende geworden ist.

Die Nibelungenstraße hinunter, über die Lustenauerstraße, erst Emilio, gleich der Kinz, nun schon näher beieinander, und dann waren sie im Ried. Auf dem Schotterweg mit der Grasnarbe in der Mitte konnte Emilio nicht so schnell fahren, sonst wäre er womöglich gestürzt. Das Fahrrad gehörte bestimmt einem kleinen Mann, der Sattel saß auf dem Rahmen, und Emilio stieß sich bei jedem Tritt die langen Beine an die Ellbogen, das war ein weiteres Handicap. Dem Kinz war egal, ob der Weg dem Auto schadete oder nicht. Erstens war nicht er der Besitzer, sondern die Republik, zweitens war der VW unter anderem genau für solche Jagden da. Er gab Gas, eine Staubfahne zog sich über das Ried. Emilio blickte immer wieder zurück, das nahm ihm obendrein Tempo, und der Staub kratzte in seinen Augen, es war nämlich ein Föhntag, und der Wind hatte mehr Geschwindigkeit als der Kinz, was bewirkte, daß der Staub den VW überholte. Seit den Unwettern im Juli hatte es nicht mehr geregnet.

Was Emilio wirklich vorgehabt hatte, wußte keiner. Ob er zum Beispiel über die Grenze hatte fahren wollen, in die Schweiz. Ein österreichischer Gendarm darf nicht so ohne weiteres mit einem Staatsauto in die Schweiz einreisen. Wahrscheinlich hatte er so gedacht. Ich habe vergessen, ihn zu fragen. Gleich, was es war, es ging sich nicht aus. Als er schon fast beim Alten Rhein war, nämlich dort, wo der große Bauernhof stand, der der Gemeinde gehörte, also uns allen, war ihm der Kinz so nah, daß er mit seiner Stoßstange das Schutzblech berührte, und da sprang Emilio vom Rad, mitten in der Fahrt, das Rad überschlug sich, der Kinz mußte scharf bremsen, und Emilio rannte in die Wiese hinein.

Einen kleinen Vorsprung hatte er gewonnen. Aber er war zu Fuß, und ein Auto war hinter ihm her. In Wahrheit hatte er nicht einen Vorteil mehr und keine Chance. Und da machte er folgendes: Er rannte auf einen der eisernen Hochspannungsmasten zu, die Strom bis nach Deutschland brachten. Diese Masten waren fünfzig Meter hoch, manche sogar sechzig Meter, und es gab sehr viele davon bei uns im Ried unten. Es standen auch kleinere dort, die waren älter, hatten plumpe Verstrebungen und nur zwei Arme. Die neueren waren sehr zart, sehr hoch und hatten drei Arme, Doppelarme müßte es eigentlich heißen, zwei kürzere und in der Mitte einen, der weit ausholte. Auf so einen Mast kletterte Emilio.

Er kletterte bis zum ersten Arm. Dort hielt er inne. Die Füße in einer Verstrebung verhakt. Die Arme frei. Hände im Schoß. Der Föhn zerrte an seiner Jacke und blies ihm die Haare in die Stirn und blies sie ihm aus der Stirn.

Es sah aus, als säße er schon sehr lange dort.

So war Emilio: Er tat etwas, und dann tat er etwas anderes, und das eine reichte nicht in das andere hinüber. Er arbeitete mit flinken Händen an einem

Radioapparat zum Beispiel, und man konnte sich nicht vorstellen, daß er gleich Ruhe geben würde. Dann setzte er sich auf die Kiste mit den Schrauben und den anderen kleinen Metallsachen, und nun konnte man sich nicht vorstellen, daß er vor zehn Sekunden noch gearbeitet hatte, so still und bewegungslos saß er da.

Man hielt ihn für einen, der es leicht im Leben hatte, weil es ihm jeder gern leicht machte. Er wohnte bei seiner Mutter in der Südtirolersiedlung, und man rechnete ihn den Südtirolern zu. Aber das war nicht exakt. Erstens war er bei uns auf die Welt gekommen, zweitens stammte sein Vater nicht aus Südtirol, sondern irgendwoher aus der Gegend um Bologna oder von weiter unten aus der Nähe von Prato. Ich wußte es nicht so genau, weil ich nicht richtig hingehört hatte. Emilio war schön. Es gab nicht viele Männer, die so schön waren wie er. Angefangen bei seinem Haar, das war schwarz und glänzte, vorne war es lang, so daß es sich über den Kopf bis in den Nacken kämmen ließ. Weitergemacht bei den Zähnen, als nächstes die Hände. Schön war auch sein Gang. Er konnte schnell gehen, und es wirkte dennoch langsam. – Nun hockte er auf dem Mast und schaute nach unten. Und unten im Feld neben dem Gendarmerieauto wartete der Kinz. Und es sah aus, als hätten der dort oben und der dort unten nichts miteinander zu tun.

Der Kinz war nicht schwindelfrei, und er hatte

nie ein Problem gehabt, das zuzugeben. Niemand würde von ihm erwarten, daß er auf den Mast kletterte. Er stand da, die Arme verschränkt, rauchte seine Zigarette. Er und seine Frau waren Nachbarn von uns. Kinder hatten sie keine, aber ein großes Grundstück, das bestand nur aus Acker und Garten. An den Samstagen spatete er. In kurzen Hosen. Weiße Oberschenkel, sehnig wie ausgewrungene Handtücher. Ein Anblick, bei dem ich mich unbehaglich fühlte. Als ob dieser Mann etwas Unrechtes tat. Er hatte mir auch schon einen Kohlrabi auf die Straße zugeworfen, der war warm gewesen von seiner Hand, und ich hatte gedacht, ich muß ihn essen. Er ließ Emilio Zeit zum Nachdenken. Herbstföhn war, der die gleichen Gerüche brachte und die gleiche Aufgeregtheit wie der Föhn im Frühling. Unsere Berge standen nah und fest und sicher. Aber das schien nur so, denn der warme Wind vom Süden grub dort oben an den Wurzeln der Bäume, und morgen würden die Waldwege mit kopfgroßen Steinen übersät sein, und wenn der Himmel einen Fluch loswerden wollte, dann schickte er auf Hohenems einen Felssturz, war schon vorgekommen.

Der Kinz wollte Emilio die Möglichkeit geben, keinen Blödsinn zu machen. Wenn er während der Zigarette vom Mast heruntergeklettert wäre, der Kinz hätte ihn in den VW einsteigen lassen, und sie wären ohne ein Wort in der Angelegenheit nach

Feldkirch gefahren, und der Kinz hätte auch mit sonst niemandem darüber geredet. Das Fahrrad hätte man in der Wiese liegen lassen.

Aber dann setzte sich der Kinz in den VW und hupte. Er hupte so lange, bis ein Mann vom gemeindeeigenen Bauernhof über das Feld gelaufen kam. Und zu dem sagte er, er solle a. einen seiner Gehilfen holen, b. Emilios Vater von Tat und Aufenthalt seines Sohnes in Kenntnis setzen.

3

Ich war an diesem Morgen um halb acht aufgestanden und hatte mich auf den Weg zu Emilios Garage gemacht. Noch wußte ich von nichts. Und ahnte auch nicht, daß ich an diesem Tag eine gewisse Rolle spielen würde.

Emilios Vater besaß ein kleines Haus unterhalb vom Friedhof St. Anton, der der alte Friedhof genannt wurde, seit es hinter der Pfarrkirche einen neuen gab. Er war ein guter Mensch, und neben dem Haus, in dem er mit der neuen Frau und dem neuen Sohn lebte, stand eine Garage, die selber ein kleines Haus war, und die hatte er Emilio überlassen, damit er dort seine Werkstatt einrichten konnte. Der Grund für diese gute Tat war meiner Meinung nach das schlechte Gewissen. Herr Zanetti hatte ein schlechtes Gewissen, weil er seine Frau und seinen Sohn für eine neue Frau und einen neuen Sohn verlassen hatte. So sah ich es. Der neue Sohn hieß Rudolf. Sein Vater war ein Schweizer, den man nie richtig zu Gesicht bekam. Gleich am ersten Ferientag hatte er Rudolf abgeholt. Das war jedes Jahr so gewesen. Den Sommer verbrachte er in Amriswil, dort ließ er es sich gutgehen und kam im September zurück als ein Angeber, was sich aber im Laufe von ein paar Wochen legte. Er war vier Jahre mit mir in die Volksschule gegangen, über ihn hatte ich Emilio kennengelernt.

Emilio und ich hatten dieselben Interessen. Außerdem ging uns die dauernde Spaßmacherei von den meisten Leuten, Familienmitglieder eingeschlossen, auf die Nerven. Diese Art von Spaßmachen kam damals in Mode. Es sollte der Eindruck erweckt werden, wer in der Lage sei, solche Späße zu machen, dem stehe die Zukunft ein Stück weiter offen als den anderen. Emilio und ich glaubten das nicht. Wir glaubten, die Zukunft steht dem offen, der arbeitet. Unter Arbeit verstand ich genau das, was Emilio und ich machten. Ich war auch schon bei anderen Arbeitsstätten gewesen. Zum Beispiel in dem Betrieb, in dem mein Vater arbeitete. Das war die Schifabrik Kästle, eine weltberühmte Firma. Er bediente dort die neuesten Maschinen, und wenn er am Abend nach Hause kam, war nichts an ihm schmutzig. Ich war halbe Tage lang dort gewesen und hatte zugesehen. Es war laut und unernst. Eine erhitzte, verworrene, ziellose Betriebsamkeit herrschte. Eine Halle voll unsympathischer Geräusche. Immer lachte einer laut. Das war mir auf die Nerven gegangen.

Er sagte Zill zu mir. Ich wußte nicht, was das bedeutete. Ob es überhaupt etwas bedeutete. Am Anfang wollte ich ihn fragen, warum er mich so nannte. Dann habe ich mich daran gewöhnt, und es fiel mir nicht mehr auf. Mir fehlte nichts, wenn er nicht von sich redete, und ihm fehlte nichts, wenn ich bei der Arbeit meinen Mund hielt. Irgendwann war ich auf der Straße gestanden, hatte auf Rudolf gewartet, kann auch sein, daß ich nicht auf ihn gewartet habe, da rief Emilio von der Werkstatt her, ob ich ihm kurz etwas helfen könne. Er hatte eine elektrische Nähmaschine in Reparatur, da lag eine Leitung auf Masse und hatte die ganze Umgebung verschmort. Ich sollte zwei Innenteile auseinanderziehen, nicht zu fest, damit nichts bräche, aber auch nicht zu zaghaft, sonst wäre Emilio nicht an die Schraube herangekommen, die in dem verkohlten Plastik pickte. Ich habe das sofort richtig gemacht. Als er mich am Beginn der Ferien fragte, ob ich Interesse hätte, bei ihm zu arbeiten, tat er es nicht, weil ich ein Kind war und er nett zu mir sein wollte, sondern weil er mich brauchen konnte. Darum war ich in den Ferien jeden Morgen über die Bahn und durch den Ort zu Emilios Garage gegangen.

An diesem Morgen war niemand da. Auch im Wohnhaus war niemand. Und weil ich von Anfang an ein Gefühl hatte, es handelte sich bei dem Eigenartigen, das in der Stille lag, um Emilio, und mir der Gedanke kam, es sei ihm vielleicht etwas Großes zugestoßen, bei dem er mich brauchen könnte, klingelte ich bei dem Haus daneben, das neu und unverputzt war und ohne Bäume und anderen pflanzlichen Schutz mitten im ausgebreiteten Bauschutt stand. Eine Frau machte auf, die hatte ich noch nie gesehen, sie war aufgeregt und wippte auf den Zehen, hatte Strümpfe an den Füßen, keine Patschen und keine Schuhe. Sie schloß die Augen und öffnete sie erst wieder, als sie fertig war mit Sprechen.

So habe ich es erfahren.

4

Ich ging um die Garage herum, griff unter den Stein bei der Dachrinne und holte den Schlüssel hervor. Die Frau stand schräg in ihrer Tür und beobachtete mich. Das machte mir keinen Kummer. Die Garage gehörte mir mehr als ihr.

Ich hatte noch keine Idee, was ich von dem Ganzen halten sollte. Die Haut drückte durch die Riemen meiner Sandalen. Ich hatte die Riemen bis zum letzten Loch gezurrt. Emilio erlaubte mir nicht, mich barfuß in der Garage aufzuhalten. Ich habe das eingesehen. Überall lagen Metallsplitter oder Bakelitsplitter herum oder Glas oder Porzellansplitter von Isolatoren oder Schrauben oder Nägel. Wir fegten zwar jeden Abend den Boden aus, aber am nächsten Tag war es noch nicht Mittag, da knackte es bereits wieder unter den Sohlen. Ich hatte mir vom Leben nicht viel Besseres erhofft als eine Zusammenarbeit mit Emilio bis ans Ende. Mit unwesentlichen Unterbrechungen. Daß Dummheit sogar bei ihm vorkam, sagte mir, daß sie zur Menschheit gehörte wie der Durst und der Hunger. Mir wurde klar, daß ich die meisten Menschen für dumm hielt und schon immer für dumm gehalten hatte. Ganz gleich, mit wem ich redete: Ich grinste und tat dümmer, als ich war. Weil ich nicht unhöflich sein wollte. Es war so und war immer schon so gewesen, nur war es mir bisher nicht so klar vor Augen gestanden. Im Vergleich zu dem, der ich noch vor einer Viertelstunde gewesen war, war ich nun ein Erfahrener. Sie muß wie Hunger und Durst sein, dachte ich, sonst wäre sie längst untergegangen. Es war eine Fehleinschätzung gewesen, Emilio von der Dummheit auszunehmen. Daß nicht nur ich, sondern die meisten Menschen im stillen gescheiter waren als beim Reden, der Gedanke kam mir zwar auch, aber ich glaubte nicht, daß der Unterschied bei den anderen so groß war wie bei mir. Ich erinnerte mich nicht, jemals etwas Dummes gedacht oder getan zu haben. Aber das hieß nicht, daß ich mir darauf etwas einbildete. Ich wünschte mir, alles würde gut werden und Emilio und ich dürften weiter zusammenarbeiten. Aber es war mehr die Erinnerung an einen Wunsch als der Wunsch selbst. Ich fürchtete, daß alles vorbei sein würde mit dem heutigen Tag und daß ich mir einen neuen Plan fürs Leben zurechtlegen mußte. Und ich wunderte mich nur über eines: nämlich darüber, wie kalt es mich ließ. Nur ein wenig war ich besorgt, es werde auch mit mir kein gutes Ende nehmen. Ich suchte jemanden, mit dem ich auf meine Weise ernst sein konnte.

Der Garagenschlüssel war feucht von meiner Hand. Was geschehen war, machte mir die ganze Gegend unheimlich. Als würde sich nichts mehr vom Fleck bewegen. Hier oben, nahe den Bergen, war der Föhn nicht so deutlich zu spüren wie bei uns unter der Bahn, wo er den Heugeruch von den Wiesen brachte. Die Frau stand immer noch in ihrer Tür. Sie hatte sich etwas über die Schultern gehängt, etwas Rotes. Ich mußte ihr recht geben, die Sonne war noch hinter dem Berg, und aus dem Wald, der gleich über den Gärten begann, strömte feuchte, kühle Luft zu uns herunter. Während sie mir die Sache erzählt hatte, habe ich im Stiegenhaus die Staubflocken gesehen, die vom Luftzug in die Ecken gerollt wurden. Sie war keine saubere Frau.

Ob ich einfach dort weitermachen sollte, wo wir gestern abend unsere Arbeit unterbrochen hatten? Der betonierte Vorplatz vor der Garage war an manchen Stellen schwarz vor Öl und an manchen Stellen war der rauhe Beton zugeschmiert und glatt, und wenn es regnete, mußte man sich vorsehen. Wir waren gestern dabeigewesen, ein Puch-Moped zu reparieren. Dem Kunden war während der Fahrt die Kette gerissen, und sie hatte gegen den Motor geschlagen. Was den Stecker der Zündkerze eingedrückt hatte. Weshalb wir die Kerze zerhauen und die Stücke wie bei einem kaputten Backenzahn einzeln herausziehen mußten. Die Frau bei dem verlorenen Haus nickte mir zu, als wollte sie mich ermuntern. Als wüßte sie, wofür ich mich entscheiden sollte.

Ich schloß auf und betrat die Garage, schob die beiden Türen weit auseinander, wie ich es machte, wenn ich vor Emilio hier war, was fast immer der Fall gewesen war. Am Morgen mochte ich die Werkstatt am liebsten. Sie zeigte nach Osten. Nun stand die Sonne knapp neben dem Berg, und sie schickte ihre Strahlen bis in die hintersten Winkel.

Mir war schwindelig vor Hunger. Mein Magen war darauf trainiert, daß ich nüchtern unser Haus verließ und durch den Ort ging, die Türen zu Emilios Garage öffnete und die Böcke auf die Einfahrt stellte und die Bretter darüberlegte oder die Blechwanne, wenn mit Öl gearbeitet wurde oder mit Putzbenzin, daß ich das Werkzeug herrichtete und daß dann irgendwann Emilio mit zwei Tassen Malzkaffee kam, die so groß waren wie halbe Handbälle, für ihn eine und für mich eine, und fünf oder sechs Schnitten Mischbrot mit Butter und Marmelade. Und einer Flasche Limonade. Die ich gleich an den Mund setzte. Alles auf einem Tablett. Darauf war mein Magen trainiert. Daß wir frühstückten und über unsere Angelegenheiten redeten, ich davon, daß ich nicht werden wollte, was mein Vater wollte, und daß meiner Mutter ziemlich egal war, was ich werde, was mir auch nicht recht sein konnte. Und auch Emilio erzählte. Nicht so viel wie ich. Von Räuschen. Oder daß er einmal in Wien gewesen war und im Prater jede Rose geschossen hatte, die gewünscht worden war. So war ich es gewohnt.

Emilio und ich hatten immer bei offener Tür gearbeitet. Auch im Juli, als die schweren hohen Regenköpfe über dem Rheintal gestanden hatten, und dann das Wasser mit einem Lärm vom Himmel gefallen war, daß wir uns nur brüllend verständigen konnten. Der ausgebaute Mopedmotor lag auf der Blechwanne, wie wir ihn am Vorabend zurückgelassen hatten. Die Putzbenzinpfütze um ihn herum war inzwischen eingetrocknet. Der Dreck auf dem Blech zeigte winzige Trockenrisse wie der Boden am Rand der Lehmgrube unten bei der Ziegelei nach diesem langen, trockenen Sommer. Ich drehte den Motor so, daß der Zündkerzenstecker im Licht der Morgensonne war. Ich traute Emilio das Kunststück zu, den Metallstecker so zurechtzuhämmern, mit Geduld und Zartheit, daß die neue Zündkerze paßte und der Kunde zufrieden war. Wenn es ihm nicht gelänge, wäre das Moped Schrott gewesen. Woher hätte man einen gebrauchten Motor bekommen sollen. Wer einen Puch-Motor besaß, der gab ihn nicht her.

Ich setzte mich auf die Holzkiste, in der sich verschiedene Gummiteile befanden, Dichtungen aller Art, aus Hanf, aus Kupfer. Das war mein Platz in den Pausen. Meine Füße berührten den Boden nicht. Emilio saß auf der Schraubenkiste. Man konnte sich Emilio und mich auch ins Haus rufen. Wenn zum Beispiel ein Wasserhahn tropfte. Einmal haben wir bei einer Witwe zehn Steckdosen installiert. Nun hatte er alles verdorben. Manchmal hatte ich mir gedacht, daß er einer war, auf den man sich weniger verlassen konnte als auf mich. Er wirkte oft geistesabwesend. Und mir war auch schon vorgekommen, daß die Kundschaft das ähnlich sah. Wenn zum Beispiel Termine ausgemacht wurden, blickten die Leute automatisch zu mir. Was Emilio recht war. Wenn es um technische Sachen ging, sprachen sie nur mit Emilio. Was mich kränkte.

Es gab nichts zu tun für mich. Über den Motor traute ich mich nicht drüber. Ich schraubte die Büchse mit dem Benzin auf und roch daran. Jetzt, wo Emilio alles verdorben hatte, war ich hier fremd, man hätte mich verjagen können. Nicht, daß ich Emilio nicht auch schon außerhalb der Garage getroffen hätte. Ich war ihm beim Turnerfest begegnet, auf dem Fußballplatz neben dem Emsbach, er hatte dunkelblaue Hosen getragen und ein weißes Hemd mit einem breiten Kragen, den er über die Jacke gelegt hatte, und er hatte mich gegrüßt. Geredet hatten wir nicht miteinander.

Meine Anspannung löste sich nicht, und ich wußte immer noch nicht, was mit mir geschah. Ich sprang von der Holzkiste. Was erwartete Emilio von mir? Wenn er überhaupt etwas von mir erwartete.

5

Mein Lohn für den Sommer wäre ein gebrauchtes Steyrer Waffenrad gewesen. Schwarz mit verchromter Lenkstange und farblos lackierten Holzgriffen. Die Felgen hatten zwei feine grüne Streifen, je einen rechts und links von den Speichen. Die Streifen, fand ich nach längerer Betrachtung, waren das Schönste an meinem Rad. Es wirkte dadurch vornehm und wertvoll. Die Streifen kamen allerdings nur zur Geltung, wenn das Rad blitzsauber geputzt war. Darum war es fast schade, damit zu fahren. Die Reifen waren neu, Mantel und Schlauch. Der Bremsklotz an der Vorderbremse war ebenfalls neu. Alles Neue spendiert von Emilio. Das Rad stand in der Garage. Ich hatte es repariert und geputzt und geölt. Längst schon. Nicht in meiner Arbeitszeit übrigens. Ein paar Dinge fehlten noch. Emilio hatte gesagt, ich müsse bei Gott nicht bis zum Ende des Sommers warten, ich dürfe das Fahrrad um Gottes willen gleich mitnehmen. Aber das hatte ich nicht gewollt. Ich wollte es mir restlos verdient haben.

Nun holte ich das Rad aus der Garage, lehnte es sorgfältig an den Zaun, schloß das Tor ab und schob den Schlüssel zurück unter die Traufe. Es erschien mir korrekt, wenn ich heute zum ersten Mal mit meinem Fahrrad führe. Obwohl meine Arbeit genaugenommen noch nicht fertig war. Es war Mittwoch, und bis Freitag hatte ich mit Emilio ausgemacht. Dann würde mich mein Vater ins Heim bringen, und am Montag begann die Schule.

Ich hatte Mühe, zu treten und gleichzeitig auf dem Sattel zu sitzen. Ich war zu klein für das Rad. Meine Gedanken kamen langsamer als sonst. Und sie waren nicht interessant. Mir fiel ein, daß ich bis zum Mittag nicht durchhalten würde, ohne etwas zu essen. Ich hätte erst nach Hause fahren und mir Brote machen können. Aber dann hätte ich Erklärungen abgeben müssen, und ich fürchtete mich vor den bissigen Bemerkungen meiner Mutter. Jeder Mensch weiß immer, was er tut. Ich hatte noch nie eine Situation in meinem Leben erlebt, die mir das Gegenteil bewiesen hätte. Immer weiß einer genau, was er tut. Also hatte auch Emilio genau gewußt, was er tat, als er mit seinen Fäusten und Schuhen auf Herrn Vinzenz Manal losgegangen war. Und er mußte auch gewußt haben, daß er sein Leben, wie er es geplant hatte, nicht würde leben können. Ich drehte einen weiten Bogen und fuhr zurück. Ich lehnte das Rad vorsichtig an den Zaun, holte den Schlüssel, betrat die Garage. Die Frau vom Nachbarhaus war verschwunden. Trotzdem schloß ich hinter mir ab.

Ein gemütliches Licht fiel durch die Milchglasscheiben. Ich vermißte den Geruch nach Metall und Öl und Putzbenzin, obwohl genau dieser Geruch da war. Und ich vermißte Emilios Stimme, und daß er mich kein einziges Mal lobte, wenn ich etwas richtig machte, was genaugenommen viel mehr Lob war, weil es für ihn eine Selbstverständlichkeit war, daß ich alles richtig machte. Ich schob den Metalldeckel der Schraubenkiste zurück, hob die Einlage hoch, die in Fächer für verschiedene Schrauben unterteilt war. Darunter hatte Emilio Geld versteckt. Es war nicht viel Geld. Gerade so viel, wie er brauchte, um zu wechseln, wenn ihm einer einen großen Schein gab. Für mich war es viel Geld. Es waren ein paar Scheine, Zwanziger, Fünfziger, Hunderter und eine flache Blechdose voll Münzen. Ich leerte die Dose in eine Hosentasche, rollte die Scheine zusammen und steckte sie in die andere. Würde Emilio jemals wieder seine Garage betreten, dann wüßte er, wer ihm das Geld gestohlen hatte. Ich ließ die Kiste offen stehen. Hinterhältig wäre es mir vorgekommen, die Einlage mit den Schrauben wieder zurückzulegen und den Deckel darüberzuschieben. Ich war ein Dieb, aber kein hinterhältiger. Außerdem glaubte ich nicht, daß Emilio seine Garage jemals wieder betreten würde. Zweitens könnte ich dann zu ihm sagen: Du hast schließlich angefangen, wer einen Mann niederschlägt, der darf einem Dieb keinen Vorwurf machen.

Ich fuhr bei der Bäckerei Mathis vorbei und kaufte mir zwei Semmeln und vier mit Zuckercreme gefüllte Schokostangen. Ich zahlte mit Münzen. Die waren ölverschmiert und wären ein Beweis gewesen. Das fiel mir erst ein, als ich schon wieder draußen war. Die Schokostangen bohrte ich in die Semmeln, zwei in jede Semmel.

Zum Alten Rhein hin ging es leicht abwärts, ich brauchte nicht zu treten, das war angenehm. Ich saß auf dem Sattel, rollte die Straße hinunter, beim Altersheim vorbei, über die Bahnschranke, beim Baugeschäft von Herrn Klien vorbei, der gerade seinen LKW ablud und mich grüßte, aß meine Schokoladesemmeln und dachte ein bißchen nach. Ich hätte nichts dagegen gehabt, wenn mit diesem Tag auch mein Leben ein ganz anderes geworden wäre. Obwohl ich nicht sagen hätte können, daß ich mich auf ein anderes Leben freute.

Man hatte Abfall angezündet. Ich mochte diesen Geruch. Vor dem Herbst fürchtete ich mich. Ich wollte nicht aufs Gymnasium, ich wollte die Hauptschule machen und dann eine Lehre als Mechaniker. Meine Mutter kannte keine Freude an Gerüchen, und für Musik hatte sie auch keinen Sinn, darum lief bei uns zu Hause nie das Radio, obwohl wir eines besaßen. In Emilios Werkstatt spielte immer Musik. Es war leider entschieden worden, mich im Herbst nach Feldkirch aufs Gymnasium zu schicken. Das stand am Montag bevor. In ein Heim sollte ich. Weil man meinte, ich sei noch zu klein, um jeden Tag zweimal eine halbe Stunde mit dem Zug zu fahren. Das Heim war billig und durch und durch vertrauenswürdig.

Ich hatte mit Emilio darüber gesprochen. Er hatte gesagt, das sei nicht schlecht, da gäbe es Möglichkeiten. Wenn da neunzig Schüler seien, müsse die Leitung Abwechslung bieten. Es seien ja nicht alle Menschen gleich. Wenn man auch nur so tue, als ob es lediglich zwei Sorten von Schülern gäbe, hätte ich bereits doppelt so viel Möglichkeiten, als wenn ich irgendwo allein wäre. Ich habe das nicht ganz überblickt und habe das auch gesagt. Da hatte er eine Geste gemacht, die er oft machte. Bewegte die Hand zittrig vor dem Gesicht hin und her und schüttelte dabei den Kopf. Was so aussah, als ärgere er sich über sich selbst, weil er einen komplizierten Unsinn geredet hatte. Aber auch so aussehen konnte, als ärgere er sich über mich, weil ich dumm war.

6

Es waren viele Menschen unterwegs. Die meisten auf Fahrrädern. Wie ein Wettrennen war das. Überholten mich auf der Nibelungenstraße. Oberkörper über die Lenkstange gebeugt. Hauptsächlich Männer. Einige unserer Kunden waren darunter. Der Herr Fenkart zum Beispiel, der in derselben Fabrik arbeitete wie Emilios Vater. Oder der Herr Fitz, der im Winter den Schilift oberhalb vom Gasthaus Zum Schützen betrieb. Der fuhr in seinem Unimog an mir vorbei. Auf der kleinen Ladefläche, die mit Betonklötzen beschwert war, hockten Buben, die grölten, als ob sie zum Militär eingezogen würden, was sie mit Sicherheit nicht wurden, denn sie waren nicht viel älter als ich. Der Mario Sutterlüthy war dabei, von dem jeder wußte, daß er Bettnässer war. Ich an seiner Stelle hätte mich gehütet, in der Öffentlichkeit ein großes Maul zu machen. Er kommandierte die anderen herum, als ob bei ihm selber alles in Ordnung wäre. Ich probierte, freihändig zu fahren. Das ging gut. Ich nützte jeden Bissen von meiner Schokosemmel im Mund aus. Mir kam nicht die Idee, daß all die Leute dasselbe Ziel haben könnten wie ich. Aber sie hatten dasselbe Ziel.

Als ich bei dem Bauernhof ankam, der uns allen gehörte, sah ich sie um den Hochspannungsmasten herumstehen. Sicher zweihundert. Ein Kreis Menschen, dahinter ein Kreis Fahrräder. Ein paar Autos waren da, ein paar VWs. Und der Mercedes vom Herrn Collini. Aber der fuhr schon wieder ab, mit seinem Besitzer auf dem Beifahrersitz. Reich und unberührbar. Ein Kopf, haarlos wie ein Kürbis. Bei ihm hatte Emilio früher gearbeitet, bevor er sich selbständig gemacht hat.

Emilio saß ganz oben beim dritten Arm, knapp unterhalb der Spitze, über die der Telephondraht lief. Man sagte Telephondraht, das war aber falsch, es war der Blitzableiter, ein Blitzableiter in Form eines Drahtseils, das die Spitzen der Masten verband. Ich wußte das. Der Herr Fitz hatte seinen Unimog in die Wiese gefahren. Die Ladefläche war gesteckt voll mit Leuten. Die meinten, sie seien näher dran, wenn sie einen Meter über dem Boden stehen. Die Kinder hatte man heruntergejagt. Ich schaute, ob ich irgendwo den verrückten Sutterlüthy sähe, dem wollte ich aus dem Weg gehen. Mit Rufen konnte man nicht viel ausrichten. Dort oben konnte Emilio einen nicht hören. Bei so einem

Föhn sowieso nicht. Aber die meisten riefen doch. Erwachsene Männer, die sich die Hände zu Trichtern an den Mund hielten. Es war eine Schreierei. Und ein Gelächter. Wenn man die Augen zumachte, hätte man meinen können, einer rennt um die Wette, und die anderen treiben ihn an.

Sehen konnte er gut von dort oben. Er hatte scharfe Augen. Ich konnte ihn auch gut sehen. Wir hatten beide scharfe Augen. Ich sah zum Beispiel, daß er eine schwarze Hose und eine schwarze Jakke anhatte. Und ein weißes Hemd. Er hockte mit breiten Beinen, die Füße frei in der Luft, machte einen krummen Rücken, um besser hinunterschauen zu können. Die Jacke flatterte in seinem Rücken wie ein schwarze Fahne. Daß er keine Schuhe anhatte, fiel mir erst später auf, als ich näher herangegangen war.

Ich fuhr an den Weiden entlang und stieg ab, wo die offene Wiese begann. Ich wollte nicht, daß er sah, wie ich auf dem Fahrrad daherkam. Das mir ja noch nicht auf den Tag genau gehörte. Hinter der letzten Weide wartete ich. Ich stellte das Fahrrad zwischen mich und den Zaun und stützte mich mit den Oberarmen auf die Zaunlatte, die frisch eingesetzt und noch ganz hell war. Machte mir mit den Händen große Ohren. Ob es aus der Schreierei vielleicht etwas zu verstehen gab. Die Sonne lag auf dem Gras und wärmte es und lockte den Geruch der Erde hervor, und der Föhn hob ihn hoch und verteilte ihn über das ganze Land. Brachte ihn sicher auch hinauf zu Emilio. Der Mais links vom Weg war schon eingefahren, er hatte wegen der Trockenheit nicht lange gehalten in diesem Jahr. Das Feld erstreckte sich nackt bis zum Damm beim Alten Rhein und war mit Stoppeln übersät, die mir bis an die Knie reichten. Nicht ein einziges Mal war ich in diesem Sommer dazugekommen, in ein Maisfeld hineinzugehen, mittendrin ein paar Stauden niederzutreten und mich hinzusetzen. Das war nämlich das Stillste, was ich kannte. Obwohl der Mais nie ruhig war. Seine Blätter kratzten aneinander, aber genau das war ein wichtiger Teil dieser Stille.

Und auf der anderen Seite drängten sich die Menschen und ihre Fahrräder und der Unimog vom Fitz und das Gendarmerieauto. Es war etwas Verwunschenes, wie ein Bild aus einem Märchen. So viele Menschen, die alle ihre Köpfe zum selben erhoben hatten und ihren fröhlichen Lärm machten. Frauen in hellen Blusen, die ihre Jacken ausgezogen hatten, weil ihnen die Sonne auf die Brust und den Hals oder auf den Rücken schien. Männer, die gar keine Jacken bei sich hatten, weil sie es gewohnt waren, bis spät in den Herbst hinein im Hemd zu arbeiten. Sie traten das Gras nieder, das gelb war von unserem August. Ihre Hosenbeine waren staubig bis zu den Waden. Eng beieinander standen die Männer und die Frauen. Wie beim

Umzug am Palmsonntag. Die Lücken füllten die Kinder aus. Wenn ich die Hand vor die Augen hielt und den oberen Teil des Mastes und damit Emilio abdeckte, sah es aus, als warteten die Hohenemser dort drüben im Feld auf eine Erlösung vom Himmel. Aber was für eine Art Erlösung konnte das sein? Keine großartige. Gewiß nicht. Sonst hätten sie vielleicht die Köpfe erhoben, wie sie es taten, würden aber doch andere Laute von sich geben. Eine kleine Erlösung konnte es deshalb nur sein oder eine mittlere. So etwas wie das Kuvert mit dem Lohn am Ende des Monats. Das war kein Wunder vom Himmel. Aber etwas Fröhliches war es. Und eine Art Erlösung war es auch. Das Märchenhafte daran, das Verwunschene, war, daß diese Art von Erlösung vom Himmel erwartet wurde und daß es dazu nötig war, sich im Ried zu versammeln und einen Kreis zu bilden. Und ich, der an nichts anderes als an eine Katastrophe denken konnte, ich kam mir einen Moment lang wie ein Spielverderber vor.

Der pfeffrige Geruch der Zaunlatte stieg mir in die Nase, es war ein letzter Gruß des Sommers, nach dem Winter würde sie grau sein wie die anderen und riechen wie alles rundherum. Ich schob das Rad hinüber zum Hof. Vorbei an dem kleinen Stall, den die Holderbüsche auf beiden Seiten fest im Griff hatten. Dort waren die Schweine untergebracht. Der Rinderstall, der größere, stand abseits der Straße. Überall wuchs der Holder. Ich wechselte die Seite, so daß ich das Fahrrad mit meinem Körper ein wenig verdeckte. Vermied es, zum Mast und zu den Leuten zu schauen. Ein Stein rutschte mir in die Sandale. Ich schlug mit dem Fuß gegen den Rahmen des Rades und schüttelte den Stein heraus. Und konnte an nichts anderes denken, als daß mich Emilio dabei beobachtete. Er sieht alles, was ich tue. Und reimt sich Sachen zusammen. Und denkt sich sein Teil. Ich schüttelte den Stein aus der Sandale, zugleich aber tat ich so, als ob ich mir einen Stein aus der Sandale schüttelte. Ich schaute nicht hinüber zu den Leuten, und zugleich tat ich so, als ob ich nicht hinüberschaute. Ich fragte mich, wie lange sich so eine Verdoppelung von mir selbst durchhalten ließe. Ich hustete und wußte nicht genau, ob ich wirklich hustete oder ob ich nur so tat, als ob ich hustete. Obwohl eine Schreierei war und so viele Menschen dort standen, wie sicher noch nie dort gestanden hatten seit der Zeit unserer Ureinwohner, dachte nicht einer von denen, daß eine Katastrophe geschehen war. Der Hund beim Gemeindehof bellte sich heiser.

Ein aufgeschütteter Weg führte zum Scheunentor des Hofs. Dorthin legte ich das Rad. Hinter den Holderbusch. Es gab nämlich zwei Probleme mit dem Rad, die wollten Emilio und ich noch lösen, waren aber nicht mehr dazu gekommen. Das Rad hatte erstens kein Schloß und zweitens keinen Ständer. Ich hatte ein ungutes Gefühl, das Rad allein zu lassen, wenn so viele Leute in der Nähe waren. Da werden welche dabei sein, dachte ich, die sind zu Fuß gekommen, denen taten die Füße weh vom Stehen, und wenn sie irgendwo ein Rad liegen sahen, dachten sie sich vielleicht, ach was, das nehme ich mir, das liegt bei keinem, ich nehme es und werfe es irgendwohin, ob es hier liegt oder irgendwo anders, ist ja egal. Die Kette vom Hund reichte fast bis zum Holderbaum. Dann schlenderte ich über die Wiese hinüber zum Mast. Tat extra uninteressiert.

Wenn man zu nahe am Mast stand, konnte man Emilio nicht sehen, da war dann das Gestänge im Weg. Der Mast war aus L-förmigen Eisenträgern zusammengenietet. Die Querstangen zeigten mit dem senkrechten Teil nach unten, so daß ein wenig Sitzfläche war. Er wird es trotzdem nicht lange aushalten, dachte ich. Er hat nichts zum Rauchen. Emilio rauchte immer, wie sein Vater, und jetzt rauchte er nicht. Dabei wäre das eine Situation gewesen, in der er ganz sicher geraucht hätte. Er hielt das Sitzen nicht aus. Er zog sich in die Höhe, wechselte dabei mit seiner Rechten mehrmals den Griff. Er brauchte etwas Weiches als Unterlage. Und er brauchte etwas zu trinken. Ich hatte Durst. Und war nicht auf einen Mast geklettert. Und nicht mit dem Fahrrad vor einem Gendarmerieauto hergehetzt. Nun sah ich auch, daß er keine Schuhe hatte. Emilio war barfuß.

Seine Mutter stand abseits von den anderen, allein, und blickte mit verschränkten Armen zu ihrem Sohn hinauf. Mund zu. Einfaches Interesse, mehr nicht. Sie trug eine Kleiderschürze mit breiten Blumen und Gummistiefel. Das Fahrrad lag neben ihr in der Wiese. Mit ihr wollte ich nicht sprechen. Ich kannte sie nicht gut und hätte nicht gewußt, was ich sagen sollte. Das sich nicht so anhören würde wie Beileid.

Die andere, die neue Frau Zanetti, sah ich ganz vorne beim Gendarmerieauto stehen. Bei ihr Rudolf. Herrn Zanetti sah ich nicht. Ich schlich mich an den Rücken der Leute entlang zu ihnen hinüber. Rudolf hopste vor der Stoßstange des Gendarmerieautos herum. Er machte die Leute nach. Hielt sich wie sie die Hände zu einem Trichter an den Mund. Schrie Emilios Namen. Immer wieder, immer wieder. Bis die anderen ihre Hände in ihre Taschen steckten und nicht mehr schrieen. Weil sie nicht so sein wollten wie dieser Affe da. Aber Rudolf schrie weiter Emilios Namen, grimassierte dazu mit seinem feuchten Mündchen. Am Ende brüllte er nur noch die Selbstlaute.

»E-i-i-o! E-i-i-o! E-i-i-o!«

Und machte dazu Boxbewegungen. Benahm sich wie ein Idiot. Ich schaute ihm zu und fand, es war das Beste, was er tun konnte. Es belustigte die Leute oder machte, daß sie sich ärgerten. Was im Ganzen vielleicht eine Entlastung für Emilio bewirken würde. Wenn einer aus dieser Familie noch in der Lage war, so einen Deppentanz vorzuführen, dann konnte die Sache nicht so schlimm sein. Das war seine Überschrift. Man lachte über ihn, und man schämte sich für ihn. Es war an diesem Tag seine Rolle, sich lächerlich zu machen. Ob er sich dessen bewußt war, konnte ich nicht sagen.

Emilio bekam das Theater nicht mit. Rudolf kasperte zu nah am Mast herum. Und sein piepsendes Geschrei hatte der Föhn längst im eigenen Geheul aufgelöst, wenn er es vor Emilios Ohr brachte.

Nun sah ich auch Herrn Zanetti. Er saß zusammen mit dem Kinz im Gendarmerieauto. Die Türen waren zu. Sie dachten sich einen Plan aus. Oder taten so. Meiner Meinung nach konnte es keinen Plan geben. Es war überflüssig, so zu tun, als gäbe es einen. Der Kinz hatte eine Pistole im Gürtel, das sah ich nicht, das wußte ich. Ich war einmal in Versuchung gewesen, sie anzufassen. Beim Fasnachtsumzug war er vor mir gestanden, und die Pistole war nur fünf Zentimeter von mir entfernt gewesen, ich hätte sie aus dem Handgelenk berühren können, und mir war klar, eine Bewegung würde mein Leben verändern, und ich war erst neun. Der Kinz hätte Emilio vom Mast herunterschießen können. Das wäre ein Plan gewesen. Aber darüber redeten die beiden bestimmt nicht.

Ich schob mich in die Reihe der Leute, stellte mich zwischen zwei Overalls, so daß Herr Zanetti mich nicht sehen konnte, wenn er zufällig zum Autofenster herausschaute. Er mochte mich nicht. Das habe ich auch einmal Emilio gegenüber zum Thema gemacht, und er hat mir nicht widersprochen. Ich fühlte mich unwohl in seiner Gegenwart, hielt mich selber für hinterfotzig. Als ob ich mich hineingedrückt hätte in meine Arbeit und in seine Garage. Er hatte eine gelbliche Gesichtsfarbe, sprach unseren Dialekt mit einem so starken italienischen Akzent, daß ich manchmal kein Wort verstand. Er blickte mir nicht ins Auge, trotzdem kam ich mir durchschaut vor und wußte doch nicht, was er in meinem Innersten hätte entdecken können. Er war klein und zart, nie habe ich ihn ohne Zigarette gesehen, meist klemmte sie schräg zwischen seinen Lippen, weswegen er das eine Auge zudrückte und das andere um so weiter aufriß. Er arbeitete in der Besteckfabrik Collini in einer leitenden Position. Collini, behauptete mein Vater, bevorzuge für solche Posten Leute mit italienischem Namen. Ich mochte ihn auch nicht. Dennoch gönnte ich ihm seinen Kummer nicht. Hätte es auch nicht, wenn es sich bei seinem Sohn um einen anderen als um Emilio gehandelt hätte.

Herr Zanetti nickte die ganze Zeit. Nichts weiter als den nickenden Kopf konnte ich von ihm sehen. Als ob er mit dem Kopf Antworten aus dem Kinz herauspumpen wollte. Der Kinz redete, und Herr Zanetti nickte. Und das Innere des Gendarmerieautos füllte sich allmählich mit Zigarettenrauch. Womit war Emilios Vater einverstanden? Aber eines schien mir deutlich: Er glaubte an eine Katastrophe. Er und ich, wir glaubten an eine Katastrophe.

7

Die neue Frau Zanetti kam auf mich zu und legte mir ihre Hand auf die Schulter. Das war etwas Gutes, und dann sagte sie noch, ich solle mit ihr kommen. Sie wolle mit mir reden. Mit dem Vornamen hieß sie Agnes. Ich sah ihre weißen, etwas unregelmäßigen Zähne über mir und ihre Brauen, die ein wenig heller waren als die Haut darunter, und für einen Augenblick durfte ich denken, alles wird gut. Denn immer war alles gut geworden, wenn sie da war, und es hatte Momente gegeben, die nicht danach ausgesehen hatten. Rudolf machte weiter seine Faxen. Er hatte mich gar nicht bemerkt unter den Leuten. War von sich selber berauscht und von seiner Vorstellung und, wie ich vermutete, genug damit beschäftigt, nicht zu heulen.

»Kannst du dir das vorstellen«, sagte sie.

»Weiß nicht«, sagte ich. »Stimmt.«

Sie war aufgeregt. Aber ihre Aufgeregtheit hatte einen fröhlichen Unterton. Wie man bei einer Sportveranstaltung aufgeregt ist. Wenn man ziemlich sicher ist, daß die eigenen gewinnen werden.

»Sie bringen ihn nicht herunter«, sagte sie. »Oder glaubst du, sie bringen ihn herunter?«

»Weiß nicht«, sagte ich. »Glauben tu ich es eigentlich nicht.«

Sie hatte eine Jacke über ihren Schultern hängen, die ihr zu groß war. Aber weil sie auch Emilios Vater zu groß gewesen wäre, nahm ich an, jemand von außerhalb der Familie hatte ihr die Jacke geliehen. Das konnte alles mögliche bedeuten. Daß man Erbarmen mit ihr hatte zum Beispiel. Ihre Haare waren in den Kragen gewurstelt. Sie lächelte weiter zu mir herunter und ließ ihre Hand auf meiner Schulter liegen, als wir uns durch die Leute zwängten.

»Weißt du, was meine Meinung ist?« sagte sie.

»Was denn, Frau Zanetti?« sagte ich.

Sie beugte sich mit durchgestreckten Knien zu mir nieder und flüsterte mir ins Ohr: »Daß alle, die das nichts angeht, abhauen sollen.«

Sie war eine große Frau. Sie packte mich fest an den Schultern, als wollte sie mich gleich schütteln, wie man einen Freund schüttelt, den man an eine Freundschaftspflicht erinnern möchte. Aber dann blieb davon nur ein Zittern in ihren Händen. Sie war schöner als Emilios Mutter, kein Vergleich. Insofern konnte ich Herrn Zanetti verstehen. Ich zählte mich übrigens zu denen, die es etwas anging, daß Emilio sechzig Meter über der Erde am Ende eines Hochspannungsmasten saß. Und sie zählte mich auch dazu. Sie lächelte und nickte aufmunternd, und ich konzentrierte mich auf die schmale Lücke zwischen ihren Schneidezähnen, die so etwas wie ihr Merkmal war, und lächelte schließlich auch. Nicht in ihre Augen, sondern ins leere Nichts hinein. Denn mir war eigentlich nicht zum Lächeln zumute.

»Stimmt, Frau Zanetti«, sagte ich.

»Wann fängt deine neue Schule an?« fragte sie und schob mich weiter.

»Am Montag.«

»Und du bist schon fertig bei uns?«

»Bis Freitag hätte ich noch gehabt.«

Darauf sagte sie nichts. Sie hatte eine gelbe Hose an. Die kannte ich gut. Ich war ein wenig enttäuscht. Andererseits, was hätte sie sagen sollen? Daß ich allein weiterarbeiten soll, ohne Emilio? Aber das wußte sie ja: daß ich einen Puchmopedmotor allein nicht reparieren konnte. An den Nachmittagen hatte es immer Wurstbrote mit Essiggurken und Tomaten gegeben. Sie brachte uns einen großen Teller voll vom Haus herüber. Meistens hatte sie diese gelbe Hose angehabt. Einmal war sie mit einem leckeren Kuchen gekommen, den sie aus dem ersten Fertigteig ihres Lebens gemacht hatte. Verrückt war ich nach ihrer Waldmeisterlimonade. Ich mochte es gern, wenn sie ein paar Minuten oder eine halbe Stunde bei uns in der Garage blieb und uns zuschaute und ihr Geruch sich mit dem Ölgeruch und dem Eisengeruch mischte. Sie schaute uns gern bei der Arbeit zu. Emilio und mir. Ihm ein bißchen lieber. Was ich verstehen konnte. Ich schaute ihm ja auch gern zu. Seine Hände taten, was notwendig war, und sonst taten sie nichts. Er arbeitete, wie er sprach: schnell und leise und sparsam. Einmal hatte sie mich in Emilios Gegenwart gefragt, ob er mein Vorbild sei. Ich hatte ja gesagt. Ich wollte arbeiten wie er. Mit dieser zärtlichen Flinkheit in den Bewegungen. So daß es keinen Unterschied zwischen mir und der Arbeit gäbe. Und ich zur Arbeit gehörte wie das Werkzeug und das Ding, das gerade repariert wurde.

»Glaubst du, er würde mit mir sprechen?« fragte sie. Da gingen wir bereits über die Wiese. Direkt auf mein Fahrrad zu gingen wir. Das machte mir ein wenig Sorge.

»Weiß nicht«, sagte ich. »Glaub schon.«

»Ich habe mir nämlich überlegt, ob ich zu ihm hinaufklettern soll.«

»Das würde ich lieber nicht tun, Frau Zanetti.«

»Ich bin schwindelfrei. Glaubst du nicht, daß ich schwindelfrei bin?«

»Doch, das glaube ich schon.«

»Es würde ihn beschämen, wenn ich zu ihm hinaufklettern würde. Oder meinst du nicht? Was meinst du?«

»Das kann ich nicht sagen, Frau Zanetti. Kann schon sein. Es wäre sicher etwas anderes, wenn Sie hinaufklettern, als wenn ein anderer hinaufklettern würde.«

»Das glaube ich eben auch«, sagte sie. »Es kommt darauf an, wer hinaufklettert.«

»Genau«, sagte ich.

Sie sprach viel zu nebenher über die Sache, als daß ich glauben konnte, es sei ihr ernst damit. Ich bangte, sie führte mich geradewegs zu meinem Fahrrad und wollte mich mit dem Gespräch nur ablenken. Sie kannte das Rad und hätte sofort gewußt, daß ich heute bereits in der Garage gewesen war. Und wenn später einmal herauskäme, daß Geld gestohlen worden war, dann würde sie mich verdächtigen. Man konnte die Abdrücke der Münzen durch meine Hosentasche sehen. Vielleicht hatte sie sich die Wahrheit kombiniert. Was allerdings nicht anzunehmen war.

Sie blieb stehen, blickte sich um, als ob sie etwas suchte, dann schlug sie eine andere Richtung ein, hinüber zu den Weiden. Dort waren Stümpfe von abgesägten Ästen. Auf einen von ihnen setzte sie sich.

»Aber wahrscheinlich trau ich mich doch nicht«, sagte sie. »Würdest du mir das zutrauen?«

»Das würde ich schon.«

Ich kauerte mich ihr gegenüber auf meine Fersen. Von hier aus hatten wir gute Sicht auf den Mast, und das beunruhigte mich ein wenig, denn auch Emilio würde ebenso gute Sicht auf uns haben.

Als könnte sie meine Gedanken lesen, sagte sie: »Hier kann er uns gut sehen. Ich denke, es tut ihm gut, wenn er sieht, daß wir nicht bei den anderen stehen. Was meinst du.«

»Ich meine, es ist ihm wahrscheinlich egal«, sagte ich.

»O nein, o nein. Wir zwei sind die einzigen, die noch zu ihm helfen. Hast du es einmal von dieser Seite gesehen?«

Sie lehnte sich zurück, bis ihr Rücken die Weidenruten berührte, verschränkte die Hände hinter ihrem Nacken, schloß die Augen und hielt ihr Gesicht etwas schräg, damit die Sonne darauf schien. Auf ihrer Hose war ein schwarzer Strich, unten an einer Wade. Es war Schmieröl. Ich brachte es nicht über mich, in ihr Gesicht zu sehen. Vielleicht beobachtete sie mich durch die Wimpern hindurch. Es konnte doch unmöglich sein, daß sie von dem Geld bereits etwas wußte.

»Danke, Frau Zanetti«, sagte ich, »daß Sie uns immer etwas zu essen gebracht haben. Und etwas zu trinken auch.«

»Danke, daß ihr mich bei eurer Arbeit habt zuschauen lassen.«

»Da braucht man nicht danke sagen«, sagte ich.

Obwohl sie ihre Augen geschlossen hatte, gelang es mir nicht, mich unbeobachtet zu fühlen. Ich hockte da und war mir bewußt, daß ich mein Schafsgesicht zog. Das war so eine Unsitte von mir. Ich hätte gern einen Spaß gemacht, aber mir fiel nichts ein. Gestern hatte mir jemand einen guten Witz erzählt. Aber er fiel mir nicht ein. Noch eine Unsitte hatte ich: nämlich die Unterlippe über die Oberlippe zu stülpen, wenn ich mich konzentrierte. Ich war zuversichtlich, auch davon loszukommen. Und: Ich wollte ruhegeben können wie Emilio. Dasitzen wie einer, der nichts sah, nichts hörte, nichts dachte. Noch zappelten mir die Hände, und die Augen flitzten mir im Kopf, ich konnte nicht anders, mußte Sachen angreifen und zwischen den Fingern drehen, und wenn die Katze vor der Garage ihren steifen Buckel machte, dann mußte ich sie anglotzen.

»Du meinst also, wenn ich zu ihm hinauf steige, wird er trotzdem nicht herunterkommen?«

Sie setzte sich auf und sah mich scharf an. Der Föhn trocknete ihre Lippen aus, sie hatten winzige senkrechte Fältchen bekommen. Sie maß mich mit ihrem Blick, und ich meinte, einen kleinen Zug von Hohn in ihrem Gesicht zu entdecken. Ein heftiger Windstoß traf mich im Rücken. Ich mußte mit einem Fuß ausscheren, um mich in der Hocke zu halten. Sie warf einen raschen Blick querhin, dann waren ihre Augen wieder bei mir. Der böse Dorn darin verwirrte mich. Sie hielt mir ihre Hand hin, und ich zog sie auf die Beine. Emilio sah aus wie ein Strichmännchen, das mit einem fetten Bleistift an den Mast gezeichnet war.

»... was ich dich fragen wollte ...«, begann sie zögernd. »Du magst ihn gern, stimmt's?«

»Mhm.«

»Das weiß er.«

Darauf gab es nichts zu antworten. Sie aber nickte bedächtig, als wäge sie in Gedanken etwas ab und wiederholte dann doch nur dasselbe: »Das weiß er. Ja, das weiß er.«

Ein Schwall von Gelächter streifte uns, wurde fortgetragen, und es klang in einem Augenblick ebenso fern, wie es zuvor nahe geklungen hatte.

»Ihr kennt euch gut, stimmt's?«

»Kann schon sein.«

»Doch, doch, das sieht man, wenn man euch bei der Arbeit zuschaut. Bei der Arbeit zeigt sich das. Weißt du, ich glaube, bei der Arbeit zeigt sich das am deutlichsten. Er kennt dich gut, und du kennst ihn gut.«

»Wir kennen uns schon ziemlich gut. Das ist richtig.«

»Und ihr redet auch viel miteinander, stimmt's?«

»Eigentlich nicht.« Ich kriegte einfach den Schafsblick nicht aus meinem Gesicht heraus. Das kam daher, weil sie mich zwang, mit etwas einverstanden zu sein, ich aber nicht wußte, womit ich einverstanden sein sollte.

»Und wer von euch beiden redet mehr? Er oder du?«

»Das kommt drauf an.«

»Worauf soll das denn ankommen?«

Sie war ungeduldig. Und in ihrer Ungeduld schwang Enttäuschung mit. Weil sie mich für vif gehalten hatte, und ich ihr jetzt so trübselig erschien. Aber ich war nicht trübselig. Ich fühlte mich nur nicht wohl.

»Ich glaube, Emilio redet mehr als ich«, sagte ich. Damit halt eine Entscheidung getroffen war.

»Das möchte ich fast glauben«, sagte sie. »Und wovon redet er so? Von mir auch?«

Mir wurde klar, daß ich sie nicht mögen konnte. Auch wenn ich ihren Geruch gern hatte und ihre Zähne gern anschaute und mich über ihr Lob freute und vor meinen Eltern Geschichten über sie erfand, weil ich meinte, die Dinge, die tatsächlich geschahen, seien viel zu unbedeutend, um als Belege für ihre Liebenswürdigkeit zu dienen. Und mir wurde klar, was ich immer gewußt hatte, aber nicht wahrhaben wollte, nämlich daß es einen Ton in ihrer Stimme gab, der sich verbergen ließ, so lange sie nur ein oder zwei Sätze sagte, der aber lauter wurde, je mehr sie sagte, wobei ganz gleich war, was sie sagte, und dieser Ton war aus einer höhnischen Besserwisserei gemacht, die ja vielleicht wirklich auf besserem Wissen beruhte, das aber nur dazu taugte, alles mögliche schlecht zu finden.

»Ich glaube, ich muß nach Hause«, sagte ich.

»Bleib noch ein bißchen«, sagte sie. Sah mich dabei aber nicht an.

»Soll ich etwas tun«, fragte ich.

»Ein bißchen noch bei mir bleiben.«

»Sollen wir wieder hinübergehen?«

»Einfach nur ein bißchen noch bei mir bleiben.«

8

Am Anfang waren sie noch allein gewesen: Frau Zanetti, Herr Zanetti und Rudolf. Und der Kinz. Und der Gendarm, den der Landarbeiter geholt hatte. Zu ihm sagte der Kinz, einer müsse auf den Mast klettern und mit Emilio reden. Und der Gendarm sagte, er sehe das genauso. Herr Zanetti schlug vor, er klettere hinauf und spreche mit seinem Sohn. Der Kinz fand das keine gute Idee. Er werde ihn zwar nicht daran hindern, könne aber keine Verantwortung übernehmen. Außerdem wisse er aus Erfahrung, daß in solchen Situationen ein enger Angehöriger meistens nicht der Richtige sei.

»Du mußt hinaufklettern«, sagte er zu seinem Gehilfen.

Der war sofort einverstanden. Versicherte auch, er sei eindeutig schwindelfrei.

Der Kinz gab ihm Anweisungen: »Ich will auf gar keinen Fall, daß du ihm drohst.«

»Was soll ich zu ihm sagen?« fragte der Gendarm.

»Du sollst so wenig wie möglich sagen«, erklärte ihm der Kinz. »Er soll reden. Er. Frag ihn, ob er etwas braucht.«

»Soll ich ihn fragen, was er von uns fordert?«

»Nein«, sagte der Kinz. »Verwende nur Wörter, die ruhig klingen und für ihn etwas Gutes bedeuten.«

Der Gendarm zog seine Jacke aus, zog Schuhe und Strümpfe aus, krempelte die Ärmel seines Uniformhemdes über die Ellbogen. Legte die Mütze in den Dienstwagen.

»Und!« mahnte ihn der Kinz. »Du bist nicht per du mit ihm. Er heißt Emilio Zanetti!«

Der Gendarm stieg auf einen der Betonsockel, auf denen der Mast stand, und begann mit dem Aufstieg.

»Und noch eines vergiß nicht!« rief ihm der Kinz nach. »Er ist ein Mann in einer Extremsituation. Da tut einer Dinge, die er sonst nicht tut.«

Jetzt kamen die ersten Zuschauer. Der Arbeiter hatte seinen Mund nicht gehalten. Jedem, dem er auf dem Weg zur Gendarmerie begegnet war, hatte er die Sache geschildert. Er hat das auch gar nicht weggestritten. Erst blieben sie noch vorne beim Weg stehen, zeigten auf das, was auch ohne Zeigen zu sehen war. Dann schoben sie ihre Fahrräder in die Wiese, legten sie hinter sich, stellten sich mit einem Fuß auf einen Reifen. Zuerst waren es nur Männer, später kamen die Frauen nach. Und dann die Autos.

Emilio saß noch immer beim unteren Doppelarm. Ungefähr in dreißig Metern Höhe. Er saß in der selben gleichgültigen Haltung, in der er dort gesessen hatte, als er noch mit dem Kinz allein gewesen war, als dieser in der Tür seines VW gestanden und seine Zigarette geraucht hatte.

Der Mast erhob sich über einem quadratischen Grundriß. Vier stählerne Steher wuchsen aus Betonsockeln. Die Sockel waren breit und lang wie ein Ehebett, hoch bis zum Gürtel eines Mannes und umwuchert von gelbem Riedgras und Brennesseln. An einem der Steher lief die Leiter entlang nach oben. Aber es war keine richtige Leiter, es waren Eisennägel, zwanzig Zentimeter lang, die in den Stahl geschraubt waren und am Ende abgerundete Köpfe hatten. Frau Zanetti nannte mir den Namen des Gendarmen, aber ich habe ihn gleich wieder vergessen. Ich kam mir auf einmal so verlassen vor, als gäbe es nirgends einen Platz mehr für mich. Nach oben zu schauen hatte wenig Sinn, da hatte man nichts weiter als das Gewirr der Verstrebungen vor Augen. Der Gendarm konnte Emilio also nicht sehen, und er mußte annehmen, daß auch Emilio ihn nicht sehen konnte. Er wollte ihn aber nicht erschrecken. Emilio sollte wissen, daß einer zu ihm unterwegs war. Also rief der Gendarm bei jedem fünften, sechsten Tritt: »Emilio Zanetti, ich komm zu Ihnen. Ich möchte nur wissen, ob Sie etwas brauchen.«

Den Kinz ärgerte das. »Er ist ein dummer Mensch«, sagte er zu Emilios Vater.

»Er meint es gut«, sagte der.

»Emilio wird denken, man nimmt ihn auf den Arm«, sagte der Kinz. »Das macht die Sache schlimmer.«

»Ich weiß nicht, was der denkt«, brummte Herr Zanetti in seiner Art. »Das weiß ich schon lange nicht mehr.«

Der Kinz rief seinem Gehilfen zu, er soll einfach den Mund halten. Ihn ärgerte obendrein, daß er vergessen hatte, dem Arbeiter zu sagen, er soll aus der Gendarmerie den Feldstecher mitbringen. Es wäre dem Kinz eine Hilfe gewesen, wenn er in Emilios Gesicht hätte schauen können.

Als der Gendarm so nah war, daß er bereits Emilios Schuhsohlen sehen konnte und seine Hosenbeine, hielt er inne und keuchte: »Emilio Zanetti, soll ich hier warten, oder soll ich zu Ihnen hinaufkommen?«

Statt einer Antwort richtete sich Emilio auf und kletterte weiter.

Der Gendarm rief: »Das hat doch keinen Sinn. Sie sehen ja selber, daß der Mast irgendwo aufhört. Und was machen Sie dann?«

Emilio kletterte bis zum mittleren Arm. Er setzte

sich neben den Steher, hielt sich mit einer Hand daran fest. Schaute zwischen seinen Knien hindurch nach unten. Und sah von unten genauso gleichgültig aus wie vorher.

Und dann das gleiche Spiel. Als sich der Gendarm wieder bis zwei, drei Meter an Emilio herangearbeitet hatte und nun schon mit normaler Stimme mit ihm reden konnte, wenn auch außer Atem – »Ich komme nur, um Sie zu fragen, ob Sie etwas brauchen ...« – richtete sich Emilio auf und kletterte weiter. Kletterte bis zum letzten Doppelarm. Dort war dann auch die Nagelleiter zu Ende.

Der Gendarm war einer, der gern in die Berge ging, der auch schon bei den Löwenzähnen unterhalb vom Schönen Mann klettern war. Er war eindeutig schwindelfrei. Aber jetzt verlor er das Vertrauen in seine Griffe. Für einen Augenblick mußte er sich mit ganzen Armen an den Stahlträger klammern. Er drückte die Stirn an das Metall und fixierte die grau gestrichene Fläche mit den Farbbläschen, die aufgeplatzt waren und aussahen wie winzige Krater mit einem Stecknadelloch in der Mitte. Diese Nähe beruhigte ihn ein wenig. Wenn er seinen Blick nah am Mast hielt, war auch der Himmel bloß Farbe. Er stieg weiter.

Der Föhn blies hier oben bedeutend stärker als unten. Und mit dem Gedanken, daß der Föhn hier oben bedeutend stärker blies als unten, kam wieder die Angst. Da merkte der Gendarm, daß der Mast schwankte, und er mußte wieder die Stirn an das Metall drücken und die Augen auf fünf Zentimeter einstellen.

Dann war er wieder nahe bei Emilio und redete wieder irgend etwas. Er schaute nicht nach oben und schaute nicht nach unten, und er hatte kein Zutrauen in seine Stimme. Und glaubte selber nicht, daß Emilio etwas auf das gab, was er da redete. Antwort bekam er wieder nicht.

Nach einer Weile hob er die Augen und sah niemanden. Sein erster Gedanke: Emilio ist gesprungen. Aber es war nur ein kurzer Gedanke. Dann hätte ich ihn an mir vorbeifallen sehen, dachte er, und dachte: Wie blöd der Mensch sein kann, wenn er Angst hat.

Über dem obersten Doppelarm trafen sich die vier Steher des Mastes zu einer pyramidenförmigen Spitze. Dort waren sie an eine quadratische Eisenplatte genietet, die waagrecht war und etwa so groß wie ein Kanaldeckel. Darunter war das Blitzableiterkabel verankert. Auf der Eisenplatte saß Emilio. Sein Kopf war das höchste. Im ganzen Rheintal gab es nichts höheres als Emilios Kopf. Die Füße baumelten in der Luft, mit den Händen raffte er die Jacke an sich, damit der Wind sie nicht erfassen konnte. So saß er. Und sagte zu dem Gendarmen: »Hol mich oder hau ab!«

»Wie wollen Sie von dort oben je wieder herunterkommen?« ächzte der Gendarm.

Emilio zeigte es ihm. Er hakte sich mit einem Bein an einer der Pyramidenkanten ein, beugte sich zum Blitzableiterdraht nieder, umklammerte das Drahtseil mit beiden Händen und schwang sich langsam von seinem Sitz. Nun hing er am Draht. Sechzig Meter über dem Boden.

Der Gendarm wußte, es wäre seine Pflicht, etwas zu sagen. Mit ruhiger Stimme etwas zu sagen. Er wußte sogar, was er hätte sagen sollen: Emilio Zanetti, geben Sie mir eine Chance, geben Sie mir fünf Minuten. Ich schlage vor, Sie steigen zu mir herunter, und ich steige zu Ihnen hinauf, und dann reden wir fünf Minuten. Aber der Gendarm brachte keinen Laut heraus. Er hatte ein Gefühl, als seien seine Arme nur leicht, nur ganz leicht um das Gestänge gelegt. Und keine Anstrengung vermöchte es, sie fester um den sicheren Stahl zu legen. Eine solche Fehleinschätzung der eigenen Kraft beherrschte ihn.

»He, du!« rief Emilio. Mehr nicht. Er hing immer noch an dem Kabel, und sein Gesicht war verzerrt, aber unter dem Verzerrten versuchte er zu lächeln, und das sah aus, als hätte ihn mitten im Glück der Schlag getroffen. Und dann ruckte er mit den Händen und ruckte sich Zentimeter um Zentimeter weiter von der Mastspitze weg hinaus in das freie Gehänge.

Jetzt wollte der Gendarm nicht mehr. Er ließ sein linkes Bein hinabgleiten, bis er unter der Sohle den

Nagel spürte. Und ohne einen Blick auf Emilio, die Augen starr auf den Stahl gerichtet, stieg er Stange für Stange hinunter.

Und dann spürte der Gendarm einen Schlag am Kopf. Nämlich an der Seite über dem Ohr. Emilio hatte sich zurück auf seinen Hochsitz geschwungen. Er hatte einen seiner Schuhe ausgezogen und ihn nach dem Mann unter ihm geworfen. Der Gendarm fing an, das Gegrüßet-seist-du-Maria zu beten, gegen seinen Willen. Und gegen seinen Willen fing er an zu jammern. Ihm kam der Gedanke, daß Schwindelfreiheit durch einen Schock verlorengehen könnte und daß sie ihm in diesem Augenblick verlorengegangen war. Er konnte nicht verhindern, daß sein Mund Geräusche von sich gab, die eben wie Jammern waren. Das war nicht laut, aber weil er sich so nah am Metall hielt, waren seine Stimme und der Föhn das einzige, was er hörte. Da traf ihn der zweite Schuh.

Der zweite Schuh traf ihn genau auf den Scheitel. Und er traf ihn mit hoher Geschwindigkeit, und das nahm dem Gendarmen fast das Bewußtsein. Schmerz spürte er keinen. Angst war keine mehr in ihm. Er hat nur zwei. Das war alles, was er dachte. Wie geplatzte Luftballons fielen Emilios Socken neben ihm hinab.

Als der Gendarm unten ankam, war sein Gesicht grau wie der Sand vom alten Rhein. Daß ihm die Leute applaudierten, nahm er nicht wahr. Mit einem Ausdruck trunkener Bestürzung im Gesicht sagte er zu Herrn Zanetti: »Es ist mir egal, was mit ihm passiert. Nur damit Sie das wissen. Von mir aus soll er springen, es ist mir egal.«

Und Emilios Vater soll genickt haben.

9

Frau Zanetti ging hinüber zu den ihren, und ich fuhr nach Hause. Ich fuhr langsam.

So langsam fuhr ich, daß ich beinahe vom Rad fiel. Ich mußte auf der Stange sitzen, vom Sattel aus hätten meine Beine nicht genug Druck gehabt. Ich legte mich über die Lenkstange, um dem Föhn weniger Widerstand zu bieten. Immer noch waren Leute auf dem Weg ins Ried. Sie verzichteten auf ihre Mittagspause, um Emilio zu sehen. Es gab solche, die hatten Gummistiefel in der Hand. Weil sie keine Ahnung hatten vom Ried. Keine Ahnung vom Föhn. Keine Ahnung von diesem Sommer. Die Wiesen waren schon Mitte August trocken gewesen. Ich tat so, als beobachtete ich etwas an der Vorderachse. Von den Schweizer Bergen rutschte der Wind in das Tal, in dem unsere Leute wohnten und die Leute über der Grenze. Ich wollte einiges fertiggedacht haben, bevor ich zu Hause ankam. Er tut es, weil er es kann. Was man kann, tut man, was man nicht kann, tut man nicht. Und wenn man etwas kann, dann soll man es auch tun. Ein Können hat keinen Wert, wenn man es nicht irgendwann anbringt. Und wenn Emilio einer war, der sich in sechzig Metern Höhe an ein Drahtseil hängen und obendrein noch mit den Händen ins freie Gehänge ruckeln konnte, warum sollte er es nicht tun. Und dennoch war es verrückt. Das sah jeder so. Man mußte das so sehen.

Ich saß auf einem Fahrrad, das mich anekelte, und dachte, wie schön der Sommer gewesen war und wie wohl ich mich gefühlt hatte und daß nun von diesem Gefühl nur noch eine Ahnung geblieben war und ein Hunger danach und eine Verwunderung darüber, daß es verschwunden war, und die Frage, wo es wohl sein könnte und ob es je wieder zurückkommt zu mir. Wenn ich mir den Herbst vorstellte, der vor mir lag, das Heim, die neue Schule, die neuen Menschen, dann sah ich mich als einen, dem schon die alltäglichen Aufgaben zu Alpträumen von Angst und Versagen wurden. Emilio war mir auf einmal fremd. Es sah aus, als wäre er verloren. Wie der Sommer und das schöne Gefühl verloren waren. Das bedrückte mich so sehr, als ob einer zu mir gesagt hätte, er wisse hundertprozentig, Emilio könne mich nicht mehr leiden.

Vor einer Woche oder so war folgendes geschehen: Rudolf war von seinem Vater, dem Schweizer, aus den Ferien zurückgebracht worden, in einem

Opel Kapitän, grauweiß, nach unten hin dunkelblau. Das Auto hatte ein Gesicht ähnlich wie Rudolfs Vater, nämlich wie ein sehr kampflustiger Mann, der die Zähne zeigte, und Emilio sagte zu mir gleich, das sei ein hervorragender Wagen. Sie hielten direkt vor unserer Garage. Rudolf saß vorne auf dem Beifahrersitz und hupte. Herr Zanetti war noch bei der Arbeit. Frau Zanetti kam aus dem Haus gelaufen. Wir standen alle um das Auto herum, ich schaute auf den Tachometer, weil mich Rudolf darum bat. Und Frau Zanetti schaute ebenfalls auf den Tachometer. Der Schweizer öffnete die Motorhaube und zeigte Emilio etwas. Emilio rief mich, weil er wollte, daß auch ich mir den Motor anschaute. Und dann ging Rudolf ins Haus, und sein Vater und seine Mutter setzten sich ins Auto und fuhren davon. Und Emilio und ich arbeiteten weiter, und ich dachte nicht an die Zeit.

Auf einmal stand Herr Zanetti vor der Garage und fragte: »Wo ist sie?«

»Wer?« fragte Emilio dagegen, und seine Stimme war ruhig und freundlich.

»Die Agnes.«

»Keine Ahnung«, sagte Emilio.

»Ist es wahr, daß die beiden weggefahren sind?«

»Wer?«

»Die Agnes und der Schweizer.«

»Keine Ahnung.«

»Der Rudolf sagt, sie sind weggefahren.«

»Keine Ahnung«, sagte Emilio.

Herr Zanetti ging zurück zum Haus, und Emilio und ich arbeiteten weiter.

Als Frau Zanetti und der Schweizer mit dem Auto zurückkamen, waren sie meiner Schätzung nach etwa eineinhalb bis zwei Stunden fortgewesen. Frau Zanetti stieg aus und lief ins Haus. Der Kapitän brauste davon.

Nach einer Weile kamen Frau Zanetti und Herr Zanetti zu uns herüber, Herr Zanetti voran.

»Sie sagt, es war anders«, sagte er.

»Was war anders?« fragte Emilio.

»Sie sagt, sie hätte ausdrücklich zu dir gesagt, sie fahre mit dem Jürg zum Zoll, und du sollst mir das ausrichten.«

»Stimmt, das hat sie gesagt«, sagte Emilio.

»Vorhin hast du gesagt, du weißt nicht, wo sie ist«, beharrte Herr Zanetti.

»Ich hab's vergessen«, sagte Emilio.

»So etwas vergißt man doch nicht!« schimpfte Herr Zanetti los. »Weißt du, was ich glaube? Ich glaube, ihr lügt beide, du und Agnes.«

Emilio blieb weiter ruhig. »Ich lüge nicht«, sagte er. »Sie hat zu mir gesagt, sie fährt mit dem Jürg zum Zoll und ich soll dir das ausrichten.« Und dann wandte er sich an mich: »Du weißt es doch auch.«

Am liebsten hätte ich etwas gegessen, damit mein Mund voll wäre und es ihnen zu lange dauern würde, bis ich alles hinuntergeschluckt hätte.

In Emilios Augen konnte ich wirklich keine Lüge lesen. Er schaute mich so aufrichtig an, daß mir windig wurde im Kopf. Aber ich wußte, daß er log, und was man weiß, das weiß man. Und da kam ich mir geizig vor. Wie die Frau Hahnrieder, der wir vier Geräte repariert haben und die uns nicht einmal auch nur zehn Groschen Trinkgeld dafür gegeben hatte.

»Stimmt«, antwortete ich, und ich hätte jede Wette gehalten, daß auch in meinen Augen keine Lüge zu lesen war. »Sie sind zum Zoll gefahren, die Frau Zanetti und der Schweizer.«

Herr Zanetti drehte sich um, ging davon, und seine Arme hingen gerade an seinem Hemd herab.

Frau Zanetti blieb noch eine Weile. Sie hatte die ganze Zeit danebengestanden in ihren gelben Hosen und keinen Laut von sich gegeben und nur in der Luft herumgeschaut. Sie wartete, bis sich ihre und meine Augen trafen, dann zog sie schnell die Lippen zusammen, was ein Kuß sein sollte. Und ich sah, daß sie auch Emilios Augen suchte. Aber der blickte zu Boden.

»He!« rief sie ihn an. Er reagierte nicht.

Sie legte sich einen Ausdruck fröhlicher Verblüfftheit zurecht und sagte: »Gut, wenn das so ist …«, und sagte noch einmal dasselbe, und vielleicht sogar noch ein drittes Mal, und dann ging sie ebenfalls.

Ich hatte erwartet, daß er mir hinterher etwas

erklärte. Wir müssen zu ihr helfen oder so etwas. Das hätte ich eingesehen. Ich hatte nichts dagegen, Herrn Zanetti anzulügen. Aber ich hätte gern mit Emilio darüber gesprochen. Oder daß er sagte, es tut mir leid, daß ich dich in so etwas hineingezogen habe. Was ihm gar nicht hätte leid zu tun brauchen. Aber daß er es wenigstens gesagt hätte. Ich wäre mir nicht so überflüssig vorgekommen. So hingestellt wie ein Ding. Auf das man sich verlassen kann, weil es eben ein Ding ist und nichts weiter. Und Emilio wäre mir nicht so fremd gewesen. Wie einer, von dem ich gar nichts weiß. Das machte mich nämlich unglücklich. Als ob jemand zu mir gesagt hätte, er wisse hundertprozentig, daß ich dem Emilio völlig gleichgültig sei.

In der Nacht im Bett dachte ich noch einmal über alles nach. Ich rekonstruierte den Nachmittag, versuchte mich zu erinnern, was Emilio getan und was er gesagt hatte. Meine Gedanken mischten sich mit meiner Müdigkeit, und ich sah uns beide wie Gespenster den Nachmittag nacherleben, und da erschien mir Emilios Verhalten so wenig vorhersehbar, daß alles, was er tat, überraschend kam.

Geplant war eigentlich gewesen, mich über den Sommer in ein Ferienlager zu geben. Zwei Tage lang war ich auch dort gewesen. Ein Vater, hatte mein Vater zu mir gesagt, tue seinem Sohn einen Gefallen, wenn er ihn etwas erleben lasse, was er selbst in seiner Kindheit erlebt und was er sein

Lebtag nicht vergessen habe. Nämlich, weil es so schön war. Und darum schicke er mich in das Ferienlager. Auch er, sagte er, sei nicht gern in das Lager gegangen, sein Vater, also mein Großvater, den ich nie gesehen habe, habe ihn dazu gezwungen. An Händen und Füßen habe er ihn in das Lager schleifen müssen. Aber dann, bereits am zweiten Tag, habe es ihm dort gefallen, und am Ende der Ferien habe man ihn an Händen und Füßen aus dem Lager schleifen müssen. Und deshalb, sagte mein Vater, habe er auch kein schlechtes Gewissen, wenn er mich jetzt zwinge. Denn er wisse, bereits am zweiten Tag gefalle es mir und am Ende des Sommers müsse man mich an Händen und Füßen aus dem Lager schleifen.

Meine Mutter hörte der Geschichte zu, die mir mein Vater ins Gesicht redete. Sie zupfte Fusseln von den Jacken, die in der Garderobe hingen, das Gespräch fand nämlich in der Garderobe statt. Dann sagte sie: »Außerdem wollen wir wenigstens ein paar Wochen lang unsere Ruhe haben.«

Und ich fragte: »Bin ich denn so laut.«

»Nein, du bist nicht laut«, sagte mein Vater.

Im Lager konnte ich nicht schlafen. Ich lag wach und zählte auf, was ich kannte. Alle Straßennamen von Hohenems, die mir einfielen. Alle Familiennamen, die mir in den Sinn kamen. Ich zählte Bäume auf, Fische, Säugetiere, Vögel. Aber ich schlief nicht ein. Als ich dann doch fast eingeschlafen war, machte mich der Gedanke wach, daß ich die Käfer vergessen hatte. Ich zählte alle Käfer auf, die ich kannte, und alle Speisen und versuchte zu beten. Neben mir lag einer, der konnte auch nicht schlafen. Wir redeten nicht miteinander. Wir lauschten unserem Wachsein, ich dem seinen, er dem meinen. So habe ich gelernt, das Atmen eines wachen Menschen vom Atmen eines schlafenden Menschen zu unterscheiden. Es störte mich, daß ich nicht allein war. Es war niemand da, mit dem ich mich hätte befreunden wollen. Da beschloß ich zu gehen. Ich ging in den Wald hinein. Ich hatte nichts bei mir. Ich ging, und als es dunkel wurde, legte ich mich unter eine Fichte. Alles war einfach. Der Boden war weich. Und ich konnte schlafen. Ich war froh, daß ich die Käfer nicht vergessen hatte. Nun rächten sie sich nicht. Ich wollte meinen Eltern keinen Brief schreiben. Am nächsten Morgen fand man mich und schickte mich nach Hause. Ein paar Tage später fing ich bei Emilio an, und vom Lager wurde zu Hause nicht mehr gesprochen.

Als ich beim Baugeschäft Klien vorbeifuhr, kam der alte Klien herausgerannt, der Mann mit den O-Beinen, und rief aus seiner heiseren Kehle: »Was tut er?«

»Er ist noch oben«, sagte ich. Da begann genau das Mittagsläuten von der Pfarrkirche herunter, und ich hatte sofort Hunger.

»Und was verlangt er?« Der alte Klien hatte eine

Haut im Gesicht, als hätte einer vor langer Zeit mit Schrot auf ihn geschossen.

»Keine Ahnung«, sagte ich und grinste. Und der alte Klien grinste zurück. Als hätte er mich gerade bei einem Verrat erwischt.

10

Unser Haus mußte mit einem hohen Grundwasserspiegel und einer unzureichenden Kanalisation leben und hatte deshalb einen guten Sommer hinter sich. Emilio war einmal in unserer Küche gesessen und hatte meinem Vater geraten, die trockenen Wochen auszunützen und grundsätzliche Verbesserungen am Haus vorzunehmen. Ich war bei diesem Gespräch dabeigewesen. Mein Vater war der Überzeugung, daß Worte die meisten Dinge besser machen können. Immer tat er so, als wäre er am Ziel. Und redete sich rückwärts einen guten Weg. Es gab nichts, was sich nicht verbessern ließe, das glaubten Emilio und ich auch. Aber nicht mit Worten. Darum stank es bei uns zu Hause.

Meine Eltern hatten bereits gegessen. Ich machte ihnen keinen Vorwurf deswegen. Woher hätten sie wissen sollen, daß ich zum Mittagessen nach Hause komme. Ein Topf stand auf dem Tisch, in dem klebten angetrocknete kalte Makkaroni am

Boden. Die Pfanne, in der das Haschee heißgemacht worden war, war leer. Und mit Brot ausgeputzt. Das sah ich. Ich stocherte die Nudeln mit dem Löffel lose und aß sie kalt. Mein Vater stand hinter dem Haus an der Wand und blies seinen Zigarettenrauch in den Himmel und sah meiner Mutter zu, die Pflanzen von den einen Trögen in die anderen stopfte. Ich rief zum Fenster hinaus, daß ich da sei. Ich soll zu ihnen raus kommen, hieß es. Also setzte ich mich mit dem Topf und meinem Löffel auf die Bretter, die dort lagen, wo eines Tages unsere Terrasse sein würde.

Ob ich im Ried gewesen sei, fragte mein Vater. Er wußte bereits alles. »Ist er noch oben?«

»Ja.«

»Imponiert dir das?« fragte meine Mutter aus dem Garten, ohne daß sie zu mir herschaute.

»Nein«, nuschelte ich.

»Was?« schrie sie.

»Nein!« schrie ich zurück.

»Meine Güte, hat der einen Vogel«, sagte mein Vater.

Mein Vater nahm mich manchmal beiseite und redete mit mir und verkündete hinterher, er habe ein lohnendes Gespräch mit seinem Sohn geführt. Seine Vorstellungen von einem lohnenden Gespräch bestanden darin, einen mit Dingen zu konfrontieren, von denen man vorher noch nichts gehört hatte.

»Komm«, sagte er, nahm mir den Topf mit meinen Makkaroni aus der Hand und ging mit mir hinein.

»Erst soll ich herauskommen, dann soll ich hineingehen«, sagte ich.

»So ist das Leben eben«, sagte er.

Wir gingen in die Küche. Er wies mir mit der Hand meinen Platz zu. Als wäre ich ein Kunde. Die dunklen Bartstoppeln stießen beim Kinn durch seine Haut. Sein Gesicht glänzte wie am Morgen, wenn er aus dem Bett aufstand. Er zog mit den Zähnen eine Zigarette aus der Packung und steckte sie sich an. Warf die Streichholzschachtel auf den Tisch, und sie rutschte durch die Brotbrösel hindurch bis zu mir herüber.

Er sagte: »Ich nehme an, du weißt, was dein Freund getan hat.«

Meine Mutter hatte Schneidbrette und Kochlöffel an den Fensterflügel gelehnt, der geschlossen war. Die warfen einen Schatten auf den Tisch, der wie Wolkenkratzer aussah.

»Ungefähr«, sagte ich.

»Und niemand weiß angeblich, warum er es getan hat. Weißt du es?«

»Keine Ahnung, Papa.«

»Im Kopf sind Adern«, fuhr er fort, blies den Rauch seitwärts aus dem Mund zu dem offenen Fensterflügel hin.

»Das weiß ich«, sagte ich.

Ich saß und beobachtete ihn. Er schnippte die Asche ab, pustete die Glut sauber. Mein Vater rauchte, als sauge er an der eigenen Hand. Nach wenigen Zügen war die Glut länger als der Rest der Zigarette. Ich hörte, wie sich der Wind draußen an den Bretterkanten brach. Wie seine Melodie schwankte. Kein normaler Mensch arbeitete an so einem Tag im Garten. Meine Mutter aber topfte Pflanzen um. Der Föhn wird ihr die Erde aus den Töpfen blasen, dachte ich, bis die Wurzeln wie Klobürsten in ihrer Hand sind. Herr Manal liege im Koma, sagte mein Vater. Ich wußte nicht, was Koma hieß, wollte ihn aber nicht fragen, weil er auf diese Frage wartete. Es sei wahrscheinlich am besten für Herrn Manal, wenn er stirbt. Sagte mein Vater weiter. Das mußte aber nicht heißen, daß es auch richtig war. Das tat mein Vater nämlich gern: behaupten, einer habe den Weltrekord, nur um zu unterstreichen, daß er schnell rennen konnte.

Dann kam meine Mutter in die Küche, schüttelte Blätter und Zweige aus ihrem roten Kraushaar und hielt ihre Hände unter den Wasserhahn, und ich fragte sie, was Koma sei.

Sie drehte sich langsam vom Waschbecken weg, warf einen flüchtigen Blick nach meinem Vater. »Bär, mein kleiner«, sagte sie, »wenn er aufwacht, ist er vielleicht ein Depp. Das heißt Koma. Wenn er überhaupt aufwacht.«

»Nichts anderes habe ich behauptet«, sagte mein Vater. Im Kopf sei dem Herrn Manal etwas geplatzt. Als ihm Emilio mit seinen Schuhen an die Schläfe gespirzt habe.

»Gespirzt ist gut«, höhnte meine Mutter.

»Er hat es aus Liebe getan«, sagte mein Vater, und meine Mutter schrie: »Macht das alles richtig, was falsch ist, und alles klug, was dumm ist?« Die Antwort lag auf der Hand. Leider mußte ich ihr recht geben. Ich tat es nicht gern und nur im stillen. Denn ich mochte meine Mutter nicht.

»Der Grund liegt in seinem Leben«, sagte mein Vater.

»Wo sonst«, fauchte sie. »Deshalb wird man dieses Leben vor Gericht auch in seine letzten Einzelheiten zerlegen, bis es am Ende ganz verschwindet.«

Im Laufe dieses Sommers war ich dahintergekommen, daß viele Menschen anders sein wollten, als sie waren. Was ich nicht verstand, denn ich wollte nicht anders sein. Und ich wußte, auch Emilio wollte nicht anders sein. Frau Zanetti hatte ich unter diesem Aspekt noch nicht untersucht. Aber ich vermutete, sie gehörte auch zu denen. Mein Vater wollte auf alle Fälle und in jeder Minute seines Lebens ein anderer sein. Jetzt zum Beispiel wollte er der Vernünftige sein, der alle Seiten zu Wort kommen ließ. Über meine Mutter wußte ich so gut wie nichts zu sagen. Außer daß sie spitzzüngig war und ich mir ihr Herz vorstellte wie einen Pfirsichkern, so klein und rauh und hart.

»Was heißt das?« fragte ich sie.

»Daß sie ihn einlochen werden, bis er schwarz wird«, sagte sie.

»Es ist Totschlag«, sagte mein Vater, »und nicht Mord.«

»Wenn einer auf einen anderen eine Stunde lang wartet und dann mit Fäusten und Schuhen auf ihn einprügelt, bis er tot ist, dann ist es Mord«, beharrte meine Mutter.

»Aber er ist doch noch nicht tot«, sagte ich.

»Das ist aber nicht das Verdienst deines Italieners!« schrie sie mich an. Und schrie weiter. Emilio sei ein Scheusal, eine Bestie, er sei für sie das Letzte, er sei für sie kein Mensch, aus. Und dann zeigte sie mit tropfendem Finger auf mich, da war sie schon heiser, so wenig konnte sie mit ihrer eigenen Stimme umgehen: »Und du, du, behaupte mir nie, ich hätte gesagt, man soll ihn aufhängen, das habe ich nämlich nicht gesagt, aber was ich mir denke, das ist meine Sache!«

Dann verschwand sie aus der Küche, und ich hörte, wie sie draußen auf den Brettern über ihre eigenen Füße stolperte.

»Für mich ist er nichts weiter als ein blödes Arschloch«, sagte mein Vater und ging ebenfalls. Sein Gehen, das wußte ich, sollte so viel bedeuten wie: Denk darüber nach!

Eine Weile noch blieb ich am Küchentisch sitzen. Ich hakte die Füße bei den Stuhlbeinen ein, wie ich es immer tat, säbelte mir ein Ende von dem Schwarzbrotwecken ab und kaute darauf herum. Der Ein-Uhr-Schnellzug von Wien fuhr durch. Die Scheiben klirrten leise. Sie hatten Spiel, weil der Kitt ausgetrocknet war. Gleich darauf hörte ich ihn über die Brücke beim Emsbach donnern. Bei uns hielten keine Schnellzüge. Etwas Schiefes war in mir. Als hätte sich eine Seite für alle Zeit vom Boden losgerissen. Als ich acht war, hatte ich eine Thymusdrüsenentzündung und so hohes Fieber, wie ein Mensch eigentlich gar nicht haben darf. Kein Unterschied war mehr gewesen zwischen Wachen und Schlafen. Die Dinge waren ohne Ordnung, und sie wußten nicht, wie sie sich verhalten sollten. Die Erinnerung daran riß plötzlich wie eine Schlucht durch meine Gedanken. Und in dieser leeren, traumgequälten Dunkelheit versank Emilios Gesicht. Eine Ungewißheit machte sich in mir breit, die alles Glück besiegte. Ich blickte durch das Fenster und durch das Laub des Boskops davor zum blauen Himmel auf und blinzelte und wartete auf Frieden. Etwas war mit niederschmetternder Logik bewiesen worden, aber ich wußte nicht genau, was. Ich preßte Luft gegen die geschlossenen Lippen, bis die Haut am Zahnfleisch schmerzte. Ein Abgrund war zwischen jetzt und aller Zeit, in der ich gelebt hatte. Ich furzte mit dem Mund, dann griff ich mir die Streichhölzer, die mein Vater auf dem Tisch liegen hatte lassen, und lief über die Treppe hinauf ins Schlafzimmer meiner Eltern.

Mein Vater rauchte Smart Export. In der Schublade seines Nachtkästchens verstaute er seinen Vorrat. Ich nahm eine Schachtel und steckte sie zusammen mit den Zündern in meine Hosentasche. Zu Emilios Papiergeld. Dann holte ich in meinem Zimmer meinen Lumberjack aus dem Kasten, schlüpfte hinein, stopfte mein Kopfkissen vorne auf den Bauch und zog den Reißverschluß zu. Ich lief wieder in die Küche zurück, schnitt den Wecken Schwarzbrot in der Mitte auseinander und steckte eine Hälfte in die Tasche meines Lumberjacks. In der anderen Tasche verstaute ich eine Bierflasche, die ich mit Wasser gefüllt und verschlossen hatte. Meine Eltern hatten nicht mitgekriegt, daß ich mit einem Fahrrad gekommen war, und sie kriegten nicht mit, daß ich mit dem Fahrrad davonfuhr.

Der Lumberjack spannte eng um meinen Körper, das war angenehm. Als ob mich einer, der hinter mir auf dem Gepäckträger saß, mit breiten Armen festhielte. Ich war nicht einer, der laut weinte und dabei den Mund weit aufriß, damit so viel Lärm wie möglich herauskommen konnte. Ich ließ mich die Nibelungenstraße hinunterrollen, fuhr ins Ried und in die Wiese hinein, wo die Leute standen. Es waren nicht mehr so viele. Ich warf mein Rad zu den anderen Rädern und ging nach vorne.

11

»Servus«, sagte ich.

Er hatte die Hände auf den Schenkeln liegen. Mit einer Schulter berührte er den Steher. Er saß auf den Schößen seines Sakkos. Der Wind preßte die Hosenröhren gegen seine Schienbeine. Ich sah die weißen Fußsohlen. Er trug eine Krawatte. Die hatte ich von unten nicht gesehen. Ein schmales rotes Band mit weißen Punkten. Der Knoten war bis auf die Brust heruntergezogen. Sein Blick war geistesabwesend. Fiel durch mich hindurch. So zerstreut wirkte er, als sei er auf den Mast geklettert, um hier über etwas Großes nachzudenken. Sicherheitshalber, und auch weil der Föhn hier oben so viel Lärm machte, sagte ich noch einmal, diesmal laut, so daß sich meine Stimme überschlug, zudem war ich außer Atem vom Steigen: »Servus, Emilio!«

Ohne sich festzuhalten, beugte er sich weiter vor. Sein Blick stellte sich auf mich ein. Und nun zuckte er mit dem Mund. Das war Emilio Zanettis berühmter Blitzgrinser. Diesen Namen hatte ich ihm gegeben. Und berühmt war er dafür nur in meinem Kopf. Er hakte sich mit einem Fuß bei einer der Querverstrebungen unterhalb seines Sitzbalkens ein und streckte mir die Hand entgegen. Ihre Innenseite war schwarz. Meine Hände waren auch schwarz. Ich traute mich nicht, seine Hand zu nehmen. Der Grund dafür war nicht, weil ich mich fürchtete, meinen Griff an der Leiter freizugeben. Die Höhe machte mir nichts aus. Der Föhn machte mir nichts aus. Ich mußte schnaufen, aber ich hatte noch genug Kraft. In alle Richtungen konnte ich lässig schauen, ohne daß es mir schwindelig wurde. Nach unten konnte ich schauen und zur Seite, den Kopf konnte ich verdrehen, wie ich wollte, und nach oben konnte ich sowieso schauen.

Beim Aufstieg hatte ich den Blick die meiste Zeit nach oben gerichtet, auf ihn. Am Anfang war mir einer nachgeklettert. Und eine Frau hatte ich gehört, die kreischte, als wäre ihr etwas Scharfes in die Lunge geraten. Ich habe zu dem Mann hinuntergerufen, er soll mich in Ruhe lassen. Ich kannte ihn nicht. Er hatte etwas Weißes an, und von seinem Mund sah ich nur die unteren Zähne. Er rief, er mache mich darauf aufmerksam, daß meine Eltern einen Haufen Geld zahlen müßten. Ich glaubte das nicht. Er war feig. Das war klar. Wenn er nicht feig gewesen wäre, wäre er schneller geklettert und hätte mich bald eingeholt. Ich kletterte nämlich absichtlich langsam, um ihn zu testen. Er hielt immer denselben Abstand, und wenn ich rastete, rastete er auch. Er traute sich nicht näher an mich heran. Ich wußte nicht, warum er sich das nicht traute, vermutete aber, es hatte mit den Schuhen zu tun, die Emilio auf den Kopf des Gendarmen geworfen hatte. Das hätte ich bestimmt nicht getan. Aber ich konnte den Mann verstehen, daß er sich davor fürchtete. Er war feig, aber ich konnte ihn verstehen. Innerlich mußte ich grinsen, weil er sich vor mir fürchtete. Und es machte mich stolz, daß er mir etwas zutraute, was Emilio getan hatte. Obwohl ich nicht kapieren konnte, warum er es getan hatte. Und dann noch, als der Gendarm bereits auf dem Rückzug war. Das war der Grund, warum ich seine Hand nicht nahm. Es gab eine Erklärung, warum er das getan hatte. Aber die wollte mir nicht einfallen. Ich hatte darüber nachgedacht, bis zum ersten Doppelarm, dann habe ich nicht mehr darüber nachgedacht, weil ich mich konzentrieren und meine Kraft einteilen mußte. Der Mann übrigens kletterte mir höchstens zehn Meter nach oder zwölf Meter. Dann kehrte er um. Rief den anderen zu, es habe keinen Wert. Ich aber kletterte weiter. Beim ersten Doppelarm machte ich eine kleine Rast. Da war ich fast auf dreißig Metern Höhe. Ich hörte meinen Namen. Das habe ich nämlich unten noch mitgekriegt: Der Kinz hatte ein Megaphon vom Gendarmerieposten in Dornbirn ausgeliehen. Ich wußte nicht, wer meinen Namen rief. Es interessierte mich auch nicht. Außer meinem Namen war nichts zu verstehen. Das Megaphon schepperte, und der Föhn machte sowieso aus jedem Geräusch, was er allein wollte.

So ruhig saß er dort oben, unbeeindruckt vom Föhnsturm und den Zurufen von unten, nicht anders, als er auf seiner Kiste in der Werkstatt gesessen hätte, wenn nur alles geblieben wäre, wie es hätte bleiben sollen. Er sollte nicht glauben, daß ich ihm mißtraue. Deshalb tat ich ängstlich. Ich tat so, als wollte ich ihm die Hand geben, ließ die Sprosse kurz los, griff aber schnell wieder zurück, ließ noch einmal los und griff wieder zurück. Und er legte seine Hand wieder auf den Schenkel. Saß da, sechzig Meter über der Erde, von der Nachmittagssonne beschienen, stark gegen den Sturm, saß da, als wäre bloßes Denken eine glückliche Beschäftigung, die sogar ein Vorgeschmack einer glücklichen Ewigkeit sein kann, wenn man darin versunken ist.

Ich stieg die letzten Sprossen hinauf, schob meinen Fuß über die Querstange und zog mich zu ihm hinüber. Nun saß ich rittlings auf dem Träger, und zwar so, daß der Steher zwischen mir und Emilio war.

Er wartete, bis ich verschnauft hatte, dann sagte er: »Servus, Kleiner.«

Und ich sagte noch einmal: »Servus.«

Er hatte mich bisher nie so genannt. Aber es war

nicht ungewöhnlich. Weil mich immer wieder Leute in seiner Gegenwart so nannten. Es machte mir nichts aus, wenn sie mich so nannten. Aber eines mußte ich schon denken, nämlich: Gerade jetzt stellst du dich auf die Seite der anderen, wo dich bestimmt niemand auf seiner Seite sehen will.

»Ich habe dir ein paar Sachen mitgebracht«, sagte ich.

»Etwas zu trinken wär gut«, sagte er.

»Halt nur Wasser«, sagte ich.

Es war hier besser zu sitzen, als man von unten gedacht hätte. Es war reichlich Platz, und die L-Träger hier oben waren breiter als die unten. Als ob man eingeplant hätte, daß hier oben manchmal einer sitzt und es gemütlich haben möchte. Ich holte die Bierflasche aus meinem Lumberjack und reichte sie ihm hinüber. Er setzte die Flasche an und trank sie zu Dreiviertel leer. Dann hielt er sie mir hin.

»Du kannst alles haben«, sagte ich.

Er trank die Flasche leer. Und behielt sie. Und legte die Hände um sie. Was mir ein paar Sorgen machte. Mir war heiß, aber ich traute mich nicht, den Lumberjack auszuziehen, weil der Wind so stark war und ihn davonwehen hätte können, und dann hätte ihn unten einer mitgenommen, und ich hätte ihn nie wieder gesehen, und er war mir das liebste Kleidungsstück, das ich besaß.

»Ich habe dir ein Kissen mitgebracht«, sagte ich.

»Aber es war mir im Weg. Ich habe es unten beim ersten Arm zurückgelassen. Wenn du es brauchst, kannst du es holen.«

»Das ist gut«, sagte er.

»Ich habe einen so dicken Bauch gehabt mit dem Kissen, und das war lästig, da konnte ich gar nicht richtig klettern.«

»Das ist schon gut.«

»Ich kann mir gar nicht vorstellen, wie das ein Elektriker macht, der wirklich dick ist, wie der hier herauf kommt.«

»Sie schicken nur die schlanken hier herauf.«

Ich hatte nicht gewußt, daß Himmel so sein konnte. So steil. Keine weite, flache Decke wie unten. Eher ein Rohr. Am hellichten Tag ein Rohr ins Weltall hinaus. Der Föhn hatte den Himmel sauber geblasen und auch die Landschaft darunter. Die ganze Welt war wie ein polierter Spiegel. Und die Drähte von Mast zu Mast waren die Sprünge darin. Und unter mir, weit unter mir, sah ich die Mauersegler über das abgemähte Maisfeld gleiten. Mir war klar, daß ich noch nie etwas Schöneres gesehen hatte. Zugleich war ich voll Freude auf mein Leben. Ich war erst zehn Jahre alt, und ich würde noch viel zu sehen bekommen und vielleicht auch noch Schöneres. Die Angst vor dem Herbst und vor dem Heim war restlos dahin, und ich verstand, was Emilio gemeint hatte, als er sagte, es werde viele Möglichkeiten geben. Ich hätte ihm das gern gesagt, aber ich war mir nicht sicher, ob er sich an unser Gespräch noch erinnerte.

»Ich glaube eh nicht, daß man hier oben ein Kissen braucht«, sagte ich.

»Zum Anlehnen wär's nicht schlecht«, sagte er.

Er sah mich nicht an. Sein schönes Gesicht war blaß und die Schläfe etwas eingefallen. Er rieb sich die Hände auf den Schenkeln und wiegte den Oberkörper leicht hin und her, als höre er Musik. Und stieß lautlose Lacher aus, kurz wie Schluckauf. Sein Mund wirkte mädchenhaft. Ich hatte ein wenig ein schlechtes Gewissen, weil ich kein Mitleid mit ihm hatte. Das lag sicher daran, daß ich mich so sehr auf mein Leben freute. Ich wollte in meinem Leben allein bleiben und allein arbeiten und mir aussuchen können, wie lange ich mit jemandem rede. Denn ich dachte, einen wie Emilio würde ich nie wieder finden. Aber das würde nicht unbedingt sein müssen. Als ich auf dem Fahrrad von zu Hause ins Ried gefahren war, mit der Niedergeschlagenheit im Herzen, die immer pünktlich kam, wenn ich mit meinen Eltern sprach, und mit meinem vollgepreßten Bauch unter dem Lumberjack, da dachte ich, daß ich Mitleid mit ihm haben würde, ganz egal, was er getan hatte. Es gab eine Verpflichtung zum Mitleid, weil er mein Kompagnon war. Oder so etwas ähnliches. Sicher mein Kollege. Und mir war wieder einmal in den Sinn gekommen, daß ich keinen Freund hatte. Aber es fehlte mir keiner. Und es hatte mir nie einer gefehlt.

Wir saßen da, als hätten wir nichts zu tun mit den Menschen unten, als gälten ihre Arme nicht uns, und der Föhn rauschte in unseren Ohren, als wär's unser wildes Blut.

»Ist es dein Kopfkissen?« fragte er. »Aus deinem Bett, Kleiner?«

»Ja. Aber ich brauche es nicht. Ich schlafe immer ohne Kopfkissen.«

»Ich kann nicht ohne Kopfkissen schlafen. Lieber würde ich ohne Decke schlafen als ohne Kopfkissen.«

»Ich könnte ohne Decke nicht schlafen«, sagte ich.

»Es gibt eben solche und solche«, sagte er. »Was hast du mir noch mitgebracht?« Er beugte sich zu mir herüber und flatterte mit Zeige- und Mittelfinger vor seinem Mund herum. »Zigaretten?«

»Smart«, sagte ich.

»Das ist gut, Kleiner.«

»Mein Vater raucht dieselben wie du.«

»Das ist gut. Wenn du ohne Zigaretten gekommen wärst, dann hätte ich die Welt nicht verstanden.«

»Sowieso«, sagte ich.

Die Zigaretten steckten in der Innentasche. Als ich den Reißverschluß herunterzog, blähte der Wind den Lumberjack auf, und ich bekam einen heftigen Stoß, und es war, als würde die blaue Luft um mich her aufbrechen und mich in ein Loch hineinsaugen, und ich klammerte mich mit beiden Händen an den Steher.

»Herrgottsack!« fluchte Emilio und faßte mich am Handgelenk. »Mach keinen Blödsinn!«

»Ich paß schon auf«, sagte ich. Er ließ mich los, und ich reichte ihm die Schachtel hinüber.

»Wenn's dich runterhaut, krieg ich lebenslänglich.« Er sagte das mit einer lustigen Art von Bestimmtheit. Er griff in seine Jackentasche und holte ein Paket Siriusstreichhölzer heraus. »Die würden denken, ich hätte dir einen Tritt gegeben.«

»Das würden sie nicht denken«, sagte ich.

»Wie schläft man ohne Kopfkissen?« fragte er.

»Ich schlafe auf dem Bauch«, sagte ich.

Ich war neugierig, wie er das fertigbringen wollte, sich bei dem Wind eine anzuzünden. »Das Kopfkissen schiebe ich nicht unter meinen Kopf«, sagte ich, »sondern über meinen Kopf. Das schieb ich zwischen die Wand und den Kopf. So mach ich das. Ich mag es gern, wenn ich mit dem Kopf das Kopfkissen nur berühre. Dann ist es wie eine kleine Mauer, eine weiche, und mit dem Kopf stoß ich nur leicht daran, das mag ich. Aber ich brauch es eigentlich nicht.«

Er verankerte sich mit einem Bein in der Querverstrebung, zog eine Seite der Jacke über den Kopf, und als sein Gesicht wieder auftauchte, brannte die Zigarette zwischen seinen Lippen. Er zog daran und verbarg die Glut in seiner hohlen Hand. Die Jacke flatterte in seinem Rücken. Er klemmte die Schöße unter seinen Hintern. Nach einer Weile sagte er: »Ah, so machst du das.«

Er rauchte schweigend fertig und zündete sich an der Glut eine neue an und fragte mich, ob ich auch eine will, und ich sagte, daß ich mich hier oben nicht zu rauchen traue, weil mir bisher meistens schwindlig geworden sei, wenn ich eine geraucht habe.

»Jetzt tun wir etwas, an das wir uns, so lange wir leben, erinnern werden, stimmt's?« sagte er.

»Stimmt.«

»Und es ist wert, daß wir uns daran erinnern. Verstehst du, was ich meine?«

»Ich glaub schon.«

»Sich an irgend etwas erinnern ist nicht schwer. Aber etwas tun, was es wert ist, daß man sich das ganze Leben daran erinnert, das ist schwer.«

»Der Mast ist gut gebaut«, sagte ich.

»Das kannst du laut sagen«, sagte er, und er mußte es noch einmal und zwar wirklich laut sagen. Denn der Wind hatte ihm das Wort in den Mund zurückgedrückt. Manchmal brachte er zu viel Luft, dann wieder zu wenig, so daß man fiepend Atem holte, als ob man aus dem Wasser auftauchte und nicht wußte, wann einen die nächste Welle wieder begrub. Aber es kam auch vor, daß der Wind plötzlich abbrach und wir in die Stille hineinbrüllten wie taube Idioten.

»Kannst du dir vorstellen«, brüllte ich, »daß man so einen Mast mit dem Matador nachbauen könnte?«

»Es ist genau das gleiche«, brüllte er zurück.

»Man müßte anstatt Nieten Schrauben nehmen«, sagte ich.

»Dann nimmt man halt Schrauben«, sagte er. »Ist ja egal, oder?«

»Ich habe keinen Matador«, sagte ich.

»Ich habe einen«, sagte er. »Den kannst du haben, wenn du willst.«

»Hätte ich gern.«

»Komm ihn einfach holen.«

»Das hätt ich gern.«

»Es fehlen ein paar Teile. Hauptsächlich Schrauben.«

»Das ist nicht so schlimm. Schrauben krieg ich schon irgendwo her.«

»Schrauben haben wir in der Werkstatt genug«, sagte er. »Die holst du dir einfach. So viel du brauchst.«

»Willst du Brot?« sagte ich.

»Nein.«

»Ich laß es dir da.«

»Ich brauch es nicht. Du kannst ruhig essen, wenn du willst.«

»Ich habe zu Mittag nur kalte Nudeln gegessen«, sagte ich. »Ich hab ein bißchen Hunger.«

»Ist gut, Kleiner.«

Ich riß mir ein Stück von dem halben Wecken ab. Aber dann schmeckte es mir nicht. Mein Mund war trocken vom Schreien gegen den Föhn, und Wasser war keines mehr da. Ich hätte besser eine zweite Flasche mitnehmen sollen als das Brot. In den Augenblicken der Windstille spürte ich die Sonne wie ein Gewicht in meinem Nacken.

Und dann fragte er: »Ist sie auch unten?«

»Wer?« fragte ich.

»Weißt du wirklich nicht, wen ich meine?«

»Keine Ahnung.«

»Seine Frau.« Ich wußte, wen er meinte, ich wußte es von Anfang an, aber ich tat, als wüßte ich es nicht, und er glaubte mir.

»Von wem die Frau?«

»Die Frau vom Manal«, sagte er.

»Ich habe sie nicht gesehen«, sagte ich.

Die Arme waren ihm schwer. Er war einer, den die Welt nichts mehr anzugehen brauchte. Ein Gespenst, das man angreifen konnte. Er würde zwar auch weiterhin unter Leuten leben, aber er würde nicht zu ihnen gehören. Wofür benötigte er noch Mut? Wovor fürchtete er sich noch? Er hatte mir immer das Gefühl gegeben, er habe keinerlei Lust auf irgend etwas, das die Welt zu bieten hatte. Außer der Arbeit. Und die hatte er mit leichten Händen getan. Jetzt waren ihm die Arme schwer.

Ich redete schnell weiter, damit nicht er weiterredete. »Über Mittag war ich weg. Und am Morgen bin ich auch erst später gekommen. Vielleicht war sie vorher da oder als ich Mittagessen war ...«

»Ich habe dich gesehen«, unterbrach er mich.

»Ich habe mit der Frau Zanetti geredet«, sagte ich. »Sie hat sogar selber die Idee gehabt, zu dir heraufzusteigen.« Darauf sagte er nichts. »Ich habe gesagt, daß sie das nicht machen soll.« Darauf sagte er wieder nichts. »Aber das hat mich auf die Idee gebracht, daß ich zu dir heraufsteigen könnte.«

Er sah kurz zu mir herüber und lächelte und lächelte noch, als er nicht mehr zu mir herübersah. »Ich habe dich gesehen, wie du am Morgen hergefahren bist.«

»Ich habe mir das Rad geholt aus der Garage«, sagte ich. Bevor er es sagte. »Ist das in Ordnung?«

»Ich wollte dir ja noch ein Schloß besorgen. Es ist ein gutes Rad und ein schönes, und wenn kein Schloß dran ist, dann wirst du es nicht lang haben.«

»Das ist schon in Ordnung«, sagte ich. »Ich paß schon auf. Ich besorg mir selber ein Schloß.«

»Das mußt du wirklich machen.«

»Das mach ich«, sagte ich.

»Überall, wo etwas los ist für das Herz und für die Hand, wird gelogen«, sagte er. »Aber ich bin draufgekommen, daß es nicht anders geht. Es geht sich anders nämlich nicht aus. Ich kann dir das erklären. Es liegt daran, daß der Mensch viel schneller denken kann, als er reden kann. Wenn du einen einzigen Satz sagst, den allereinfachsten kleinsten

Satz von der Welt, dann denken sich dir in den zwei Sekunden, die du brauchst, um ihn rauszubringen, hundert andere Sätze im Kopf, die alle das Gegenteil sind von dem einen, den du gerade sagst. Da kannst du gar nichts dafür. Es denkt sich in deinem Kopf von ganz allein.« – Er redete vor sich nieder. Zu den Leuten sechzig Meter unter uns. Die nicht einmal sehen konnten, daß er seinen Mund bewegte. – »Und wenn«, fuhr er fort, »wenn wir alles sagen könnten, was uns durch den Kopf geht, was wären wir dann? Dann wären wir nicht wahnsinnig gescheite Leute, wie alle meinen, sondern die letzten Sauhunde. Das Böse ist, daß man nie etwas glauben kann. Weil es unmöglich ist, daß der Mensch unter den massenhaft Gedanken in der einen Zehntelsekunde, in der er zu reden anfängt, genau den herausfindet, der wahr ist. Das wäre ja auch ein reiner Zufall. Verstehst du? Ein Zufall wie beim Lotto. Ein noch viel größerer Zufall sogar. Ein unheimlich viel größerer Zufall. Du sagst etwas, und das ist dann gesagt. Und es ist nichts passiert. Was passiert schon, wenn man etwas sagt? Nichts. Das ist der unschuldige Anfang vom Bösen. Und dann sagst du das nächste, und das muß mit dem, was du gerade gesagt hast, zusammenpassen, sonst würde ja jeder denken, du bist ein Depp. Aber beim ersten Satz hast du schon unter tausend Sätzen nur irgendeinen genommen, weil du gar keine Zeit gehabt hast, zu prüfen, was die Wahrheit ist und was nicht, und wahrscheinlich hast du einen Satz gesagt, der nicht wahr ist, und schon kommt der nächste Satz, und bei dem ist es nicht anders, und wenn du eine ganze Rede hältst, dann zählen sich die Lügen zusammen, das kannst du dir vorstellen. Kannst du dir das vorstellen, Zill?«

»So genau nicht«, sagte ich.

Er boxte mich gegen mein Schlüsselbein und sah mich an, daß es mir ganz anders wurde, so traurig und am Ende war er. »Weißt du, was ich glaube, Zill?«

»Was denn, Emilio?«

»Ich glaube, du bist auch ein Lügner.«

»Bin ich nicht«, sagte ich. »Ich schwöre es. Ich bin kein Lügner! Ich lüge nicht! Ich habe überhaupt noch nie in meinem Leben gelogen!«

Er schnippte den Zigarettenstummel in die Luft hinein. »Das interessiert doch niemand.« Der Stummel glühte im Wind auf, fiel ein Stück und wurde von einer Böe unter unseren Füßen weggerissen.

Und dann fragte er: »Und den Manal, hast du den Manal gesehen?«

»Wie meinst du das?« fragte ich.

»Ob du ihn gesehen hast.«

»Wann?«

»Ist er unten gewesen?«

»Unten beim Mast? Heute?«

»Ja.«

Ich blickte ihn nicht an. Tat gar nichts. Spuckte nicht. Zuckte nicht. Hustete nicht. Holte nicht viel Luft. Obwohl ich das alles gern getan hätte. Das war sehr geistesgegenwärtig von mir. Aber es war eine ziemlich lange Pause, in der ich das alles nicht tat. Ich schaute zu den Leuten hinunter, die aussahen, als warteten sie auf mein Stichwort. Ich sah meinen Vater und meine Mutter. Sie standen nicht beieinander. Er beim Kinz, sie bei einer Frau, die manchmal bei uns zu Besuch war und dann bis in die Nacht hinein blieb. Meine Stimme steckte nicht in der Kehle und nicht in der Brust fest, wie ich befürchtete. Ich fand einen gewöhnlichen Ton.

»Ich habe ihn nicht gesehen«, sagte ich.

»Ich dachte, er wird sich anschauen wollen, was ich mir eingebrockt habe.«

Sagte er. Und bewegte die Hand zittrig vor dem Gesicht hin und her und schüttelte den Kopf, als ärgere er sich über sich selbst oder über die dumme Welt. Und da hatte ich Mitleid mit ihm.

»Emilio?«

»Was denn, Zill?«

»Ich muß dir etwas sagen.«

»Was denn?«

»Versprichst du mir, daß du mir nichts tust?«

»Spinnst du, Kleiner?«

»Sonst sage ich es nicht.«

»Dann sag es nicht.«

»Ich muß es aber sagen.«

»Denkst du wirklich, daß ich dir etwas tue?«

»Weiß nicht.«

»Weil ich dem Manal eine aufgelegt habe, denkst du, daß ich dir auch eine auflege?«

»Nein, nicht deswegen. Es ist etwas passiert.«

»Das weiß ich auch, daß etwas passiert ist, bei Gott!«

»Etwas anderes, als du meinst.«

Er rührte mich. Sein krummer Rücken rührte mich. Der so schuldig aussah. Als wüßte er mehr als der ganze Mann. Bereit, dem Ankläger Beweise zu liefern, unaufgefordert. Daß er gezwungen war, in einer Haltung dazusitzen, die mich nun nicht mehr an den Emilio Zanetti erinnerte, der in seiner Werkstatt auf der Schraubenkiste saß und innehielt in seiner Arbeit, die er liebte, sondern an einen Gefangenen, der er ja auch war. Die vorgezogenen Schultern, die Revers seiner Jacke, die nervös im Wind zitterten, die Krawatte, mit der er jemandem gefallen hatte wollen, die er sich umgebunden hatte, ohne zu ahnen, was aus ihm geworden sein würde, wenn er sie ablegte. Sein Adamsapfel, auf den ein Streifen Nachmittagssonne fiel. Der kindliche Ausdruck in den Augen, als habe er wieder einmal versagt, obwohl ich mich nicht erinnern konnte, daß Emilio Zanetti jemals versagt hatte. Das rührte mich, und das war mein Mitleid. Aber dieses Mitleid hatte keinen Wert, es ließ sich nicht von seiner Schuld abrechnen und konnte niemals ein Trost für ihn sein. Es war nichts weiter als mein eigenes schlechtes Gewissen, das ich auf ihn ablud.

Und deshalb verschob ich, was ich hatte sagen wollen, nämlich daß Herr Manal vielleicht tot sein würde oder ein Depp, und ich sagte: »Ich habe Geld gestohlen.«

»Und warum soll ich dir deswegen etwas tun?« fragte er und stieß wieder seine lautlosen Lacher aus, die kurz waren wie Schluckauf.

»Ich habe es aus der Schraubenkiste genommen. Ich habe es dir gestohlen.«

Ich hatte mich, noch während ich das sagte, von meinem Sitz gleiten lassen, und jetzt war ich schon außer seiner Reichweite, und ich kletterte, so schnell ich konnte, an der Leiter hinunter. Und dabei mußte ich nur an eines denken, nämlich an die Bierflasche in seinen Händen, und leise betete ich vor mich hin: »Bitte, hau sie mir nicht auf den Kopf! Bitte, hau sie mir nicht auf den Kopf!«

»Du bist nicht normal!« hörte ich ihn über mir rufen. »Du gehörst ins Irrenhaus! Du bist ein blödes, kleines, verrücktes Arschloch!«

Unten gab es Applaus für mich. Neben dem Betonsockel warteten mein Vater und meine Mutter.

»Du rührst ihn mir nicht an!« sagte meine Mutter.

»Warum sollte ich ihn denn anrühren?« sagte mein Vater.

12

Meine Mutter war schon vorausgegangen. Mein Vater blieb noch eine Weile. Er zog die Lacher auf seine Seite. Für ihn war alles erledigt. Obwohl gar nichts erledigt war. Er erzählte Witze, für die sich die Leute mehr interessierten als für Emilio oben auf dem Mast. Er erzählte den Witz und erzählte ihn gleich noch einmal. Dadurch wurde der Witz noch besser. Und dann die alte Angeberei, er könne durch seinen Ehering pissen, ohne daß er naß würde.

Schließlich sagte er zu mir: »Ab jetzt!«

»Ich möchte noch bleiben«, sagte ich.

»Ich paß auf ihn auf«, sagte der Kinz.

Den meisten dauerte es zu lang. Am Ende das Tages standen nur noch der Kinz und ich unter dem Mast. Da kam Emilio endlich herunter. Mein Kopfkissen nahm er vom unteren Doppelarm mit. Er warf es mir von den letzten Sprossen aus zu. Dann ging er frei zum Gendarmerieauto und setzte sich auf den Beifahrersitz.

»Soll ich dich nach Hause fahren?« fragte mich der Kinz.

»Ich habe mein Fahrrad dabei.«

»Fahr aber gleich heim«, sagte er. »Sie warten.«

»Ist in Ordnung«, sagte ich.

Emilio winkte mir zu, dann fuhren sie ab.

Ich hielt das Kopfkissen im Arm. Es roch nach mir. Ich weinte ein bißchen. Eine Föhnwoge strich über mich hinweg wie Zauber und Betrug, und es war ein banges Gewahrwerden des Unmöglichen in allem.

www.deuticke.at

Gestaltung: typic®/wolf
Umschlaggestaltung: Studio Hollinger
Umschlagfoto: © Privatarchiv
Druck: Wiener Verlag, Himberg
Printed in Austria
ISBN 3-216-30628-3